Fischer TaschenBibliothek

Wenn Rupert mit der Schwiegermutter …
Es war einer dieser Nachmittage mit Erdbeerkuchen und Schlagsahne, einem wunderbar blauen Himmel, einem lauen Lüftchen, der nicht hätte schöner sein können. Wenn da nicht Ruperts nervige Schwiegermutter gewesen wäre, die sich zum Kaffee gleich selbst eingeladen hatte, und wenn es da nicht plötzlich einen fiesen Knall gegeben hätte. Der Knall war schnell erklärt: Aus heiterem Himmel hatte eine Möwe eine Hinterlassenschaft fallen gelassen, die ganz bestimmt nicht auf Ruperts Windschutzscheibe gehörte: ein menschlicher Finger. Bei Ruperts Nachbarn, einem nervigen Musiklehrer, stand die Verandatür schon seit geraumer Zeit offen, und die Möwen spazierten stolz ein und aus.
Als Rupert sich dem Haus näherte, ahnte er Schlimmes. Und tatsächlich lag der Lehrer tot neben dem Klavier.
Eine Ermittlung der besonderen Art beginnt.

Klaus-Peter Wolf, 1954 in Gelsenkirchen geboren, lebt als freier Schriftsteller in der ostfriesischen Stadt Norden, im selben Viertel wie seine Kommissarin Ann Kathrin Klaasen. Wie sie ist er nach langen Jahren im Ruhrgebiet, im Westerwald und in Köln an die Küste gezogen und Wahl-Ostfriese geworden. Seine Bücher und Filme wurden mit zahlreichen Preisen ausgezeichnet. Bislang sind seine Bücher in 24 Sprachen übersetzt und über zehn Millionen Mal verkauft worden. Mehr als 60 seiner Drehbücher wurden verfilmt, darunter viele für »Tatort« und »Polizeiruf 110«. Mit Ann Kathrin Klaasen hat der Autor eine Kultfigur für Ostfriesland erschaffen, mehrere Bände der Serie werden derzeit prominent fürs ZDF verfilmt und begeistern Millionen von Zuschauern.

Weitere Informationen finden Sie auf www.fischerverlage.de

KLAUS-PETER WOLF

Ostfriesen MELODIE

Rupert und die nervige Schwiegermutter

FISCHER TaschenBibliothek

MIX
Papier aus verantwortungsvollen Quellen
FSC® C083411

Erschienen bei FISCHER Taschenbuch
Frankfurt am Main, April 2020

Umschlaggestaltung: www.buerosued.de
Umschlagabbildung: Martin Stromann / Ostfrieslandbild
Satz: Dörlemann Satz, Lemförde
Druck und Bindung: CPI books GmbH, Leck
Printed in Germany
ISBN 978-3-596-52202-6

1

Rupert wusste gleich, dass mit den neuen Nachbarn etwas nicht stimmte. Aber wenn Ruperts Frau Beate etwas wirklich wollte und er sich dem widersetzte, war es für ihn, als würde er versuchen, einsam am Strand mit einem Stoppschild in der Hand einem Tsunami Einhalt zu gebieten. In diesem Fall war es vielleicht kein Tsunami, sondern nur eine Sturmflut, aber er gab trotzdem auf, bevor er nasse Füße bekam.

Beate hatte sich mal wieder mühelos durchgesetzt.

Auf der Bank gab es keine Zinsen mehr fürs Geld, und die bunte Welt aus den Urlaubsprospekten war, wenn man den Nachrichten glauben durfte, zu einem unsicheren Ort geworden. Seitdem kamen immer mehr Touristen nach Ostfriesland, wo sie sich sicher fühlten. Es gab einen Bauboom. Ganz neue Siedlungen entstanden. Doch was mit hoffnungsvollen Plänen für eine friedliche

Zukunft in einem Einfamilienhaus begann, endete oft mit einem Ehedrama, bevor die letzten Kacheln im Bad geklebt waren.

Solche Scheidungshäuser wurden meist billig angeboten. Irgendetwas war immer nicht ganz fertig geworden. Die zur Hälfte geflieste Terrasse. Der nicht mehr verlegte Boden im Wohnzimmer. Die Küche mit dem noch nicht angeschlossenen Herd. Diese verwaisten Wohnungen erzählten viel über die Träume der Paare, die jetzt nicht mehr dort einziehen würden und über den Tag, an dem ihr Glück zerbrach.

An der weißen Raufasertapete zeugte ein eingetrockneter, lang nach unten zerlaufener Rotweinfleck von dem vollen Glas, das Annika Strohmüller nach ihrem untreuen Ehemann geworfen hatte.

Das Haus im Norden von Norden entsprach genau Beates Vorstellungen. Es war für Ruperts Geschmack zu nah am sogenannten Getreideviertel, wo Ann Kathrin Klaasen im Distelkamp wohnte. Er wollte wenigstens nach Dienstschluss so viel Abstand wie möglich zu ihr haben. Außerdem war das Haus aus seiner Sicht eine Spur zu teuer für einen Kripobeamten, der weder Schmiergelder nahm noch am Wochenende in einer Band spielte und damit sein spärliches Gehalt aufbessern konnte.

Neben ihm wohnte ein Musiklehrer. Halbtags unterrichtete er am Ulrichsgymnasium, und um die neue Hütte abzubezahlen, gab er nachmittags Klavierunterricht.

Schön für ihn. Grauenhaft für die Nachbarn.

Rupert sah die langbeinigen Gymnasiastinnen gerne durch den Bauschutt über das Brett in den Neubau balancieren, aber wenn das Geklimper losging, war es nur noch zum Haare raufen. Besonders schlimm wurde es, wenn der Herr Musiklehrer Gesangsunterricht gab. Er klimperte dann selbst auf dem Klavier herum und einige untalentierte Kastratenstimmen versuchten verzweifelt, Töne zu treffen.

»Immer noch besser als Schlagzeugunterricht«, kommentierte Beate, die ja immer auf der Suche nach dem Positiven im Leben war und empfahl ihrem Mann, doch auch Nachhilfestunden zu geben.

»Nachhilfestunden?! Ja, verdammt, in was denn? Wie man ein Verhör richtig führt? Wie man einen

Verdächtigen weichkocht? Wie man einen Betrüger austrickst?«

Sie stellte sich das so einfach vor. Nein, sein Können war nicht wirklich gefragt.

Beate hatte ihm den Hauskauf und den Umzug schmackhaft gemacht. Dorthin käme ihre Mutter Edeltraut dann nicht täglich zu Besuch, weil es für sie zu weit sei und die Benutzung der öffentlichen Verkehrsmittel viel zu kompliziert.

Mehr Distanz zu seiner Schwiegermutter! Das stellte Rupert sich großartig vor. Dafür nahm er sogar diese Katzenmusik von gegenüber in Kauf. Gab es eigentlich ein Gesetz mit dem Wortlaut: *Bei Klavierunterricht hat grundsätzlich die Terrassentür sperrangelweit offen zu stehen*?

Jedenfalls war er von Beate hereingelegt worden. Statt mehr Ruhe vor seiner nervigen Schwiegermutter zu bekommen, musste er sie jetzt fast täglich in Hage abholen und mit in sein neues Zuhause nehmen. Auto fahren konnte sie wegen ihrer schlechten Augen nicht mehr. Um ein Taxi zu nehmen, war sie zu geizig. Sie selbst nannte ihren Geiz Sparsamkeit, und die Chance, mit Rupert allein im Auto zu sitzen, um ihm regelmäßig eine Standpauke zu halten, ließ sie sich nicht entgehen.

Sie prügelte geradezu mit Lebensweisheiten auf ihn ein. Ihre nörgelige Stimme zog ihn dabei mindestens genauso runter wie ihre nervige Leier, was ein richtiger Mann an seiner Stelle tun würde.

In ihren Augen hatte er zwei linke Hände, war stinkend faul und strohdumm. Sie schwärmte immer wieder von einem *von Oertzen*, der einmal um die Hand ihrer Tochter angehalten hatte. Das sei ein Kerl aus Samt und Seide gewesen. Gute Manieren. Adlige Herkunft. Wohlhabend und gebildet. Aber ihre Beate musste ja ausgerechnet auf ihn reinfallen: Rupert!

Sie sprach seinen Namen aus, als müsse sie eine eklige, verdorbene Speise ausspucken, und sie verzog dabei jedes Mal angewidert den Mund.

Rupert hatte diesen *von Oertzen* googeln wollen und war dabei auf einen Song von Hildegard Knef gestoßen: *Er hieß nicht von Oertzen.* Ein Lied über einen Hochstapler, der sich am Ende erschoss.

Jetzt ließ Rupert die Stimme der Knef jedes Mal erklingen, wenn er seine Schwiegermutter mit dem

Auto abholte. Das Lied war wie eine scharfe Waffe. Es brachte die alte Dame zum Schweigen. Vibrierend vor Wut saß sie auch heute wieder angeschnallt auf dem Beifahrersitz neben ihm, während er laut mitgrölte:

Er sprach von Familie
und blauem Blut
er war ein Ganove
und das nicht mal gut

Es hatte drei Einbrüche in der neuen Siedlung gegeben. Selbst das setzte seine Schwiegermutter gegen ihn ein: »Rund um euch herum brechen sie ein. Nur bei euch nicht. Kein Wunder. Wer steigt schon in so eine Bruchbude ein, vor der ein alter Opel parkt?«

»Bruchbude? Das ist ein Neubau!«, verteidigte Rupert sich.

Sie spottete: »Ja. Alles das Billigste vom Billigen. Guck dir mal die Türen von deinem Nachbarn an und dann deine. Dann weißt du, warum die richtigen Profis bei denen einbrechen und nicht bei euch.«

Rupert stöhnte. »Ja, heißt das jetzt, ich soll mir andere Türen kaufen, damit endlich auch bei mir eingebrochen wird, oder was?«

Sie winkte ab, als sei er eh zu blöd, das alles zu verstehen. »Es ist der ganze Eindruck. Man sieht schon von außen, dass drinnen nichts zu holen ist.«

Er parkte den Wagen vor dem mit Sandsäcken und Bauschutt zugemüllten Carport, auf der noch nicht gepflasterten Einfahrt, zwischen einem Berg Kies und ein paar aufgestapelten Paletten, an denen Plastikfetzen im Wind flatterten wie Fahnen.

Jetzt kam das immer gleiche Ritual. Sie blieb sitzen und starrte stur geradeaus, als sei sie es gewöhnt, dass ihr Fahrer herbeieilte, um ihr die Tür zu öffnen. Einmal hatte er sich wirklich dazu hinreißen lassen, es zu tun. Er war jetzt sauer auf sich selbst deswegen. Nie wieder würde er in so eine Falle tappen. Richtig machen konnte er es sowieso nicht. Wie denn auch – ohne roten Teppich? Alleine dass die Gräfin über festgestampften Lehmboden gehen musste, beleidigte doch schon ihre zarten Füße. Von ihren kostbaren Gesundheitsschuhen ganz zu schweigen.

Er knallte die Fahrertür extra heftig zu. Edeltraut zuckte zusammen, stöhnte und guckte hochnäsig geradeaus. Sie würdigte ihn keines Blickes.

Sie musste schon zusehen, wie sie aus dem Auto kam. Er würde ihr jedenfalls nicht die Tür öffnen. Sollte sie sich doch einen anderen Dummen suchen, dachte er.

Diesmal aber blieb sie stur sitzen. Er kannte das. Diese Frau konnte so beleidigt gucken, dass sich die halbe Stadt schuldig fühlte und der Rest aus Angst vor ihrer Wut floh. Er nicht! Er hatte die Faxen dicke.

Auf dem Dach des Carports landete eine fette Möwe, die mindestens so böse hinter Rupert herguckte wie seine Schwiegermutter. Die Möwe hatte etwas im Schnabel. Es sah aus wie eine Nürnberger Rostbratwurst.

Eine zweite Möwe näherte sich im Sturzflug. Die Tiere kämpften kreischend um die Beute.

Rupert stolzierte, ohne sich nach ihnen umzudrehen, zur Haustür. Beate öffnete, bevor er den Schlüssel im Schloss hatte. Sie trug einen Sari in Regenbogenfarben und war barfuß. Die frisch gewaschenen Haare umflatterten ihr Gesicht.

Rupert schloss die Augen und spitzte die Lippen, Er erwartete einen Kuss.

Stattdessen sagte Beate streng: »Was ist denn mit Mutter?«

Rupert öffnete enttäuscht die Augen. »Na, was wohl? Die Gräfin erwartet, dass ihre Hofschranzen herbeieilen und die Kutsche öffnen.«

Beate hinderte ihn bewusst daran, die Wohnung zu betreten. Er versuchte, mit einem Schritt seitlich an ihr vorbei ins Haus zu huschen, doch sie war schneller und versperrte ihm den Weg.

»Meinetwegen kann sie darin sitzen bleiben, bis sie grün und schwarz wird. Ich bin nicht ihr Scheiß-Butler.«

Beate wollte hin. Rupert hielt sie auf.

»Bitte. Sie ist meine Mutter!«

»Ja, aber sie ist nicht behindert. Sie kann alleine aussteigen.«

In dem Moment kreischte die alte Dame los. Ihr Schreien war so herzzerreißend, dass Rupert und Beate gleichzeitig losstürmten.

Rupert kannte Zornes- und Wutausbrüche seiner Schwiegermutter zur Genüge. Sie war für ihn eine Art spießiger, cholerischer Racheengel. Sie konnte verdammt laut und unangenehm werden. Sie hatte ihn oft angebrüllt. Doch jetzt schrie sie anders. Da klang etwas mit, das er von ihr nicht kannte: Angst.

Etwas dickflüssiges Rotes rann zwischen den toten Insekten über die Windschutzscheibe. Inzwischen stritten sich drei Möwen auf dem Autodach und dem Kühler mit heftigen Flügelschlägen. Federn flogen durch die Luft.

Rupert war als Erster beim Auto. Er versuchte, den Wagen zu öffnen. Es gelang ihm zunächst nicht, weil der Kampf der Möwen so heftig war. Er hatte vor den scharfen Schnäbeln mehr Respekt als vor der Klinge eines Messerstechers. Messerhelden waren berechenbar. Er hatte gelernt, sie zu entwaffnen. Möwen waren unberechenbar, in ihrer Gier furchtlos, und seit ihm vor zwei Jahren eine Möwe, die Pommes aus der Tüte klauen wollte, in die Hand gehackt hatte, hasste er diese Viecher.

Er griff zur Dienstwaffe, und vielleicht hätte er gefeuert, wenn Beate ihn nicht mit dem Ausruf: »Spinnst du?!« zur Ordnung gerufen hätte.

Beate griff in den Kieshaufen und warf eine Handvoll Steinchen in die Luft. Die Kieselsteine prasselten aufs Autodach und gegen die Windschutzscheibe.

Rupert riss die Beifahrertür auf. Edeltraut kreischte weiter. Der Ton war in seinen Ohren so grauenvoll, dass er die Tür gleich wieder zuknallte.

Die Möwen verzogen sich.

Beate half ihrer Mutter aus dem Auto. Rupert sah sich die Lackschäden an. Er wischte mit dem Zeigefinger durch die roten Fäden auf der Windschutzscheibe.

»Was ist das?«, fragte Rupert.

Damit lieferte er Edeltraut wieder Stoff. Sie zischte zickig: »Und der will Polizist sein? Mordkommission? Dass ich nicht lache!« Dann ging sie Rupert direkt an: »Das ist Blut, du Kretin! Die Möwen haben sich um einen Finger gestritten!«

»Einen Finger?«

»Ja. Er ist direkt vor mir auf deine verdreckte Autoscheibe gefallen.«

»Quatsch«, lachte Rupert, »das ist doch bestimmt nur Ketchup. Die Biester klauen gern auch mal eine Currywurst. Mir haben sie Pommes …«

»Ich kenne die Geschichte«, unterbrach Beate ihn genervt.

Rupert roch an dem verdächtigen Stoff.

»Verdammt«, sagte er, »entweder ist das eine miserable Currysoße oder wirklich Blut. Aber wer sollte denn …«

Weil er keine Lust hatte, den Rest des Tages über diesen Mist zu diskutieren, gab er ganz den Profi, rief im Büro an und sprach mit einer Stimme ins Handy, als sei er der Polizeichef persönlich. »Möwen haben etwas Blutiges auf mein Auto klatschen lassen.« Während er sprach, sah er sich die Stelle noch einmal genau an. »Eine Zeugin behauptet, es sei ein Finger gewesen. Könnte aber genauso gut irgendetwas vom Schwein gewesen sein oder … Verdammt, aufs Verdeck geschissen haben mir die Viecher auch noch!«

Ann Kathrin Klaasen stoppte seinen Redeschwall: »Was soll das werden? Eine ordnungsgemäße Meldung?« Sie zählte auf, was ihrer Meinung nach dazu noch nötig war: »Wer? Wann? Wo? Was? Warum? Gab es Verletzte?«

»Ich meinte ja nur«, sagte Rupert und fuhr zerknirscht fort: »Jedenfalls, wenn sich einer meldet, dem ein Finger fehlt … schöne Grüße, die Möwen haben ihn.«

Er knipste das Gespräch weg.

Beate hatte Erdbeertorte und eine große Schüssel Schlagsahne auf der Gartenterrasse aufgebaut. Es gab Tee, und der Tisch war mit dem Geschirr gedeckt, das sie zur Hochzeit von ihrer Mutter bekommen hatte. Ostfriesisches Rosenmuster.

Eigentlich war diese Terrasse unbenutzbar, weil sie zur Südseite herausging und dort der Musikunterricht besonders lästig war. Heute allerdings war es still. Die Tür zum Musikzimmer stand offen, doch es erklang kein Übungsgejaule.

Rupert aß ein Stück Erdbeertorte und verfeinerte seinen Tee mit einem Spritzer zwölf Jahre alten Scotchs. Edeltraut rümpfte die Nase. Für sie war er schon allein deswegen Alkoholiker, weil er fünf verschiedene Whiskysorten in seiner Hausbar nebeneinanderstehen hatte. Das waren allerdings nur die billigen. Die richtig guten Sachen, mit Jahrgang und Fassnummer versehen, versteckte er vor den Augen neugieriger Gäste.

Er bemühte sich, seine Schwiegermutter zu ignorieren und benahm sich, als sei er mit Beate alleine. Beate sprach mit ihrer Mutter, die der Meinung war, die Erdbeeren heutzutage würden auch nicht mehr nach Erdbeeren schmecken, sondern höchstens noch so aussehen.

Sie zeigte zum Dachgerüst des gegenüberliegenden Neubaus, wo ein Zimmermann Nägel in Holz trieb: »Vielleicht sollten wir dem mal ein Stück anbieten. Die Handwerker haben doch bestimmt Hunger, bei ihrer schweren Arbeit …«

Rupert war klar, dass dies eine Spitze in seine Richtung war und die Anspielung beinhaltete, dass seine Arbeit ja eigentlich keine war. Aber es juckte ihn nicht, denn er erfreute sich an dem Anblick der Handwerkerin, die bei ihnen die Videoüberwachungskamera unterm Dach anbrachte. Sie stand auf einer Leiter und bohrte Löcher für die Dübel in die Hauswand.

Sie hieß Evi, zumindest stand das auf ihrem T-Shirt, das sie entweder schon zwei Nummern zu klein gekauft hatte oder das in der Wäsche mächtig eingelaufen war. Unter ihren erhobenen Armen riss die Naht ein, und weil sie sich so reckte, wurde der alte Fummel jetzt zu einem bauchfreien Top, war aber vermutlich nicht so gedacht. Ihr Bauchnabelpiercing glitzerte in der Sonne. Ihre Haut war gleichmäßig sonnenbankgebräunt.

Diese Eindrücke regten Ruperts Phantasie an. Er fragte sich, was sie unter der grünen Arbeitshose mit den viel zu vielen Taschen trug.

An ihrem breiten Gürtel baumelte Werkzeug, und ihre Füße steckten in Militärschuhen statt in Stilettos.

Das Geschwätz seiner Schwiegermutter wurde für ihn zu einem Hintergrundgeräusch. Störend, aber völlig unwichtig.

Seit sie vor ein paar Tagen die Toilettenspülung repariert hatte, während er im Dienst war, hielt sie sich für die eigentliche Hausbesitzerin und erwähnte zweimal pro Stunde, dass er ja leider zwei linke Hände habe und nichts, aber auch gar nichts selbst machen könne, weil er handwerklich so unbegabt sei. Leider müsse er für jede Kleinigkeit Fachleute kommen lassen, würde aber nicht genug verdienen, um diese dann vernünftig zu bezahlen.

Eigentlich war Rupert gegen die Videoüberwachungsanlage gewesen, aber Beate hatte darauf bestanden.

»Was soll bei euch schon geklaut werden?«, hatte Edeltraut schnippisch gefragt und gleich selbst die mögliche Antwort mitgeliefert: »Eure schwülstigen Liebesbriefe? Das alte Teeservice, das ich euch geschenkt habe? Das angelaufene Silberbesteck?«

Es war ihre Spezialität, Fragen zu stellen und sie dann selbst zu beantworten. Wahrscheinlich, dachte Rupert, kam das daher, dass ihr nie jemand zuhörte und sie die meiste Zeit über Selbstgespräche führen musste.

Jetzt fand Rupert gut, dass so ein moderner Kasten, der Einbrecher abschrecken sollte, angebracht wurde, denn diese Evi war einfach eine Augenweide. Herrlich anzusehen, wie sie da hoch oben mit dem Akkubohrer hantierte.

Und dann waren wieder die Möwen da. Lauernd. Gierig. Angriffslustig. Mit bösen, gelben Augen.

»Pass auf«, warnte Edeltraut ihre Tochter, »die mögen auch gerne Erdbeerkuchen.«

Rupert stellte sich vor, dass die Möwen, statt sich auf die Torte zu stürzen, versuchen würden, die junge Frau auf der Leiter zu attackieren. Nur zu gern würde er dann herbeieilen, um sie beim Sturz von der Leiter aufzufangen.

Sie war ein Vollweib mit echten Rundungen. Bei ihr, dachte Rupert, muss ein Mann keine Angst haben, sich an vorstehenden Knochen zu stoßen. Sie ist fraulich-weich.

Es war ein kurzer, heftiger Heldentraum am hellen Tag. Er schloss die Augen, um ihn zu genießen. Er fühlte sie praktisch schon in seinen Armen. Konnte ihren herrlichen Schweiß riechen und spürte ihre fleischgewordene Dankbarkeit. Das Universum war gnädig bereit, seinen Wunschtraum zu erfüllen.

Beate ging ins Haus, um eine Karaffe Leitungswasser zu holen, weil ihr die dritte Tasse Tee sonst nicht so gut bekam.

Aus dem offenen Musikzimmer des Nachbarn stolzierte eine Möwe in den Garten. Etwas baumelte aus ihrem gelben Schnabel. Es sah aus, als hätte sie in der Küche ein Stück blutige Leber gestohlen. Damit wollte sie jetzt flüchten. Sofort waren andere Möwen da. Der Streit begann, und fast hätte Rupert seine große Chance verpasst, weil er mit geschlossenen Augen von Evi träumte.

Der Aufschrei seiner Schwiegermutter: »Ich hab es kommen sehen!«, verhinderte, dass Rupert weiter seinen Heldenträumen nachhing. Er schreckte hoch.

Die dralle Frau auf der Leiter fuchtelte mit den Armen. Ihr Kopf wurde von Möwenflügeln umflattert. Federn stoben auf. Die Leiter wackelte.

Rupert schickte einen Dank an alle Götter im Universum. Sie mussten ihn einfach lieben.

Er hechtete aus dem Stuhl doch, dabei stieß er ungestüm gegen den leichten Gartentisch, der einen Sprung machte. Die Schlagsahne landete direkt im Schoß seiner Schwiegermutter.

Normalerweise hätte das in Kombination mit ihrem verblüfften Gesicht Rupert zu Lachkrämpfen gereizt und ihm den Tag versüßt. Aber jetzt hatte er dafür gar keine Zeit. Schon war er bei der Leiter. Für einen endlosen Moment sah es aus, als könne Evi sich doch noch halten. Sie wackelte auf der Leiter hin und her. Die Möwen kreischten aggressiv. Die Handwerkerin rief: »Ja, da brat mir doch einer ’n Storch!« Die Möwen beeindruckte sie damit wenig.

Sie fiel samt Aluleiter wie in Zeitlupe um. Es war, als würde sie verzweifelt nach unsichtbaren Seilen greifen, ja sogar versuchen, sich an einer Möwe festzuhalten. Doch die Anziehungskraft der Erde gewann, wie so oft.

Dem Heldentraum folgte die Schockvision: Rupert sah Evi auf den Boden klatschen, während die Leiter ihm auf den Kopf knallte.

Aber dann kam doch alles ganz anders. Rupert stand intuitiv richtig. Die junge Frau stürzte direkt in seine Arme. Es war, als würde er einen von der Wolke gefallenen Engel auffangen. Einen, der gut zehn Kilo schwerer war als er selbst.

Sein Orthopäde hatte ihm beigebracht, bei Belastungen der Wirbelsäule in den Knien nachzufedern. Aber diese Belastung kam zu plötzlich und war unglaublich schwer. Gar nicht gut für sein Iliosakralgelenk. Der Schmerz jagte wie ein glühender Blitz durch Ruperts Körper. Er hielt Evi in den Armen. Ihr Kopf an seiner rechten Schulter, ihr voluminöser Busen drückte sich gegen ihn. Ihre Beine zappelten, als wolle sie in der Luft weiterlaufen. Er roch ihr betörendes Parfüm, mit dem sie ihre heftige Transpiration übertünchen wollte.

Er hätte gern etwas Cooles zu ihr gesagt und ihr dann geholfen, sich auf den Stuhl zu setzen, um sich von dem Schrecken zu erholen, aber alles, was er herauspressen konnte, war ein gequältes: »Scheiße!«

Aufrichten konnte er sich nicht. Seine Wirbelsäule war zu einem starren, schmerzenden Stock geworden.

Er versuchte, das Gleichgewicht zu halten, ohne die Frau fallen zu lassen. Es ging nicht. Mit ihr in den Armen fiel er seiner Schwiegermutter vor die Füße. Dabei landete er weich auf der gut gepolsterten Handwerkerin Evi.

Die Schwiegermutter hatte den Schock mit der Schlagsahne auf ihrem Schoß noch nicht verdaut. Sie wischte mit der Hand durch die weiße Wolke. Der unwirsche Putzversuch verteilte ein paar Portionen auf Ruperts Rücken und seiner Glatze.

Er stemmte sich auf Evi hoch. Das heißt, er versuchte es.

Die Rettungsaktion – eine Frau, die aus der Luft angeflogen kommt, einfach aufzufangen – hatte er so ähnlich mal in einem Tarzanfilm gesehen. Janes Liane riss, und sie landete in Tarzans Armen, der sie vor dem bösen schwarzen Affen rettete.

Tarzan und Rupert unterschieden sich nicht nur durch die Haarpracht, sondern Tarzans Iliosakralgelenk musste um einiges stabiler gewesen sein als Ruperts Arschhaken. Jedenfalls jagte der

Schmerz durch seine Wirbelsäule hoch bis in die Haarwurzeln, die in seiner Kopfhaut zu glühen begannen.

Evi wand sich unter Rupert und versuchte, ihn hochzustemmen. Dabei schob sich ihr T-Shirt über ihre Brüste.

Rupert bäumte sich mit schmerzverzerrtem Gesicht auf. »Entschuldigen Sie, Elvi«, rief er. »Es tut mir leid. Ich wollte das nicht.«

Sie kippte ihn zur Seite. »Ich heiße Evi.« Schon stand sie wieder und ordnete ihre Kleidung.

Aber Rupert kam nicht mehr hoch. Dabei konnte er aus seiner Position etwas sehen, das sich in seinem Kopf zu einem Bild des Grauens zusammensetzte: Zwei Möwen stolzierten durch die Tür ins Musikzimmer seines Nachbarn.

Da musste etwas Schlimmes passiert sein. Wer fuhr schon weg, ließ seine Terrassentür auf und den Kühlschrank mit dem Grillfleisch ebenfalls? Niemand!

Ein Gedanke schoss durch Ruperts Kopf. Vielleicht hatte sein Nachbar mit der verdammten Katzenmusik nur die Möwen vertrieben. Jetzt holten die Biester zum Gegenschlag aus.

Rupert kroch zu einem Stuhl und versuchte, sich daran hochzuziehen. Dabei geriet er aber zu weit unter den Tisch. Er krachte mit dem Kopf von unten gegen die Tischplatte. So wurde die Sahne auf seiner Glatze gleichmäßig verteilt.

Aber das alles interessierte ihn nicht mehr. Seine quengelige Schwiegermutter war ihm genauso schnuppe wie Evi oder die Erdbeertorte. Er, der Hauptkommissar der Mordkommission Aurich, der seiner Meinung nach schon längst zum Ersten Hauptkommissar hätte befördert werden müssen, witterte einen neuen Fall.

Seine Frau erschien mit einer Karaffe Wasser und staunte, wie sehr sich die Szenerie in wenigen Sekunden verändert hatte.

Gebückt, eine Hand gegen die schmerzhafte Stelle im unteren Rücken drückend, stolperte Rupert über den Bauschutt zum Grundstück seines Nachbarn.

Beate folgte intuitiv ihrem Mann. Dabei verspürte sie den tiefen Wunsch, ihn zu retten, denn er sah aus, als würde er Hilfe benötigen. Eine stützende Hand oder einen Rollator.

Er wirkte wie ein überforderter Mann, der in

sein Unglück rannte oder, besser gesagt, gebückt in sein Unglück humpelte.

Eine Möwe sauste im Sinkflug über ihn her und flog ins Nachbarhaus.

»Rupi!«, rief Beate, doch sie konnte ihn nicht stoppen. Erst im Türrahmen blieb er stehen.

Der Anblick war schlimmer als der Schmerz im Rücken. Rupert stellte sich gerade. Er griff zu seiner Dienstwaffe, die er auch in der Freizeit im Holster trug und sei es nur, um seine Schwiegermutter damit zu ärgern. Er zielte auf den Toten am Steinway-Klavier, auf dem mehrere Möwen flügelschlagend um den besten Futterplatz kämpften.

Rupert stellte den Tod nicht fest. Er war weder Mediziner noch wäre er in der Lage gewesen, sich tief genug zu bücken. Er wusste es einfach so. Niemand, der so verrenkt dalag und auf dem Möwen eine Fressorgie veranstalteten, konnte in Ruperts Vorstellungswelt noch leben.

Federn flogen durch die Luft. Rupert erblickte den lang ausgestreckten Arm des Mannes. An seiner rechten Hand fehlten zwei Finger. Die blutigen Stümpfe zeigten in Ruperts Richtung. Sie kamen ihm vor wie Augen, die ihn vorwurfsvoll anstarrten.

Er hätte gern nach den Möwen geschlagen und sie mit fuchtelnden Armen vertrieben. Aber er war froh, überhaupt gerade stehen zu können.

Er feuerte einmal in die Luft. Die Kugel schlug in die Decke ein. Putz rieselte auf das schwarze Klavier. Die Möwen stoben auseinander und verteilten sich, vom Knall irritiert, im Raum. Da Rupert im Türrahmen stand, versperrte er ihnen den einzigen sichtbaren Fluchtweg.

Eine Möwe ließ sich auf dem Steinway nieder und kackte es, nervös geworden, voll.

»Haut ab, ihr verdammten Aasfresser!«, fauchte Rupert. Der Knall hatte ihn fast taub gemacht. Auf dem Schießstand benutzte er wie alle einen Ohrenschutz, in der freien Wildbahn konnte er sich bei einem Einsatz so ein Ding nicht erst aufsetzen. Es war jedes Mal ein schlimmes Erlebnis für ihn, wenn er die Waffe ungeschützt abfeuerte. Dazu noch dieser Schwefelgeruch. Er war nicht direkt allergisch dagegen. Aber ihm tränten die Augen, und er bekam Husten. Sonst war alles in Ordnung.

Seine Leinwandhelden kannten solche Probleme gar nicht. Oder hatte schon mal jemand Bruce Willis mit Tränen in den Augen jammern hören, weil der Schuss so laut gewesen war? Der unterhielt sich nach jeder Schießerei, als sei nichts gewesen. Aber der hatte ja auch keine Prostataprobleme und keine erhöhten Leberwerte. Ein Iliosakralgelenk besaß er vermutlich gar nicht.

Rupert wusste, dass es jetzt tagelang in seinen Ohren klingeln würde. Das ging mit der Zeit auch ohne ärztliche Hilfe weg, war aber lästig.

Er hustete. Jetzt war seine Frau Beate hinter ihm. Sie hielt die Wasserkaraffe fest an sich gedrückt. Sie sah über Ruperts Schulter in den Raum. Da war viel Qualm, und da lag eine Leiche. Ihr Mann hielt die Schusswaffe in beiden Händen. Sie wusste, dass er diesen Klavierspieler gehasst hatte. Er, der einst Rockmusik nur auf voller Lautstärke hören konnte – *Stones leise? Hast du sie nicht mehr alle?* –, war mit den Jahren lärmempfindlich geworden. Aber es erschien ihr übertrieben, dass er den guten Mann deswegen erschossen hatte.

Sie war nur ganz kurz Wasser holen gewesen. Und jetzt das …

»Du hast ihn doch nicht etwa …«, hauchte sie erschüttert.

Rupert verstand nichts. Stattdessen posaunte er: »Das willst du nicht sehen, Beate. Guck gar nicht hin.«

Schon sammelten sich die Möwen zur nächsten Attacke. Eine startete vom Bücherregal aus, eine andere vom Ohrensessel. Die auf dem Klavier war wohl eher ein ängstlicher Spätzünder.

Rupert konnte den linken Arm des Musiklehrers nicht vollständig sehen, aber er befürchtete, auch an der Hand nicht mehr alle Finger vorzufinden.

Es war nicht die erste Leiche, die Rupert sichern musste. Es galt, dafür zu sorgen, dass der Tatort nicht verunreinigt wurde. Kriminaltechniker, die er immer noch *die Astronauten* oder *die Jungs von der Spusi* nannte, hatten immer etwas zu meckern. Meist waren die Rettungskräfte ihre Hassobjekte, denn die verwüsteten bei ihren Reanimationsversuchen jeden Tatort, steckten den Opfern Nadeln in die Venen, kamen mit Beatmungsgeräten, Infusionen und machten an der Leiche herum, bis jede Spurensicherung reines Glücksspiel wurde.

Er musste die Möwen vertreiben! Die mit den bösen gelben Augen knabberte an den Lippen des Klavierspielers herum. Sie war scharf auf seine Zunge, folgerte Rupert.

Er verhinderte durch einen Schritt zur Seite, dass seine Frau den Raum betrat. Aber sie hatte schon zu viel gesehen.

»Mir wird schlecht«, sagte sie für ihre Verhältnisse merkwürdig emotionslos, ja, sachlich.

Später wurde er noch oft gefragt, warum er so gehandelt hatte. Vielleicht spielte auch eine Rolle, dass er seine Frau schützen wollte und außerdem diese schrecklichen Rückenschmerzen … Der Reizhusten … Die Tränen in den Augen … Wahrscheinlich war es von all dem ein bisschen. Jedenfalls schoss er ein zweites Mal, diesmal auf diese gierige Möwe. Er wollte sie erledigen, bevor sie die Zunge des Klavierlehrers verspeisen konnte.

Es war ihm scheißegal, ob diese Biester unter Artenschutz standen oder nicht. Seine Kugel durchschlug den Flügel der einen und zerfetzte die Brust der anderen. Dann drang sie tief in den Bauch des Musiklehrers ein.

Sein Körper zuckte durch den Einschlag auf dem Boden zusammen, als würde er noch leben. Doch dann blieb er reglos liegen.

Beate fiel in Ohnmacht. Rupert konnte sie nicht halten. Er rutschte, an den Türrahmen gelehnt, langsam nach unten, bis er auf dem Boden saß. Seine Füße berührten seine bewusstlose Frau. Pflichtbewusst hatte sie die Wasserkaraffe festgehalten. Sie stand jetzt schräg auf ihrem Bauch und lief aus.

Rupert beugte sich vor und zog Beate zu sich, so gut es ging. Die Karaffe kullerte über den Boden. Über ihm flatterten Möwen ins Freie.

Der Kopf seiner Frau lag jetzt auf seinem Oberschenkel. Die Dienstwaffe neben ihm. Er kramte nach seinem Handy. Er hatte Mühe, es mit zitternden Händen richtig zu bedienen. Endlich hörte er Ann Kathrin Klaasens Stimme. Er rang nach Luft und sprach heiser: »Mein blöder Nachbar liegt tot vor seinem Scheiß-Klavier.«

»Bist du besoffen?«, fragte Ann Kathrin vorsichtig nach.

»Nein, bin ich nicht. Die Möwen picken schon an ihm herum.«

Rupert knipste das Gespräch weg und tätschelte seiner Beate das Gesicht. Sie wurde wach. Sie schien um Jahre gealtert und war blass.

2

Evi kümmerte sich rührend um Rupert und seine Frau. Sie half den beiden auf die Terrasse, zurück an die Teetafel. Beate trank mit abwesendem Blick Wasser.

Ihre Mutter stand, weil sie befürchtete, Sahne in den Haaren und im Gesicht zu haben, im Badezimmer und machte sich frisch. In Wirklichkeit hatte ihr Verschwinden im Bad noch einen anderen Grund: Sie rechnete damit, dass gleich Polizisten und auch die Presse sich die Türklinke in die Hand geben würden. Und da wollte sie gerne gut aussehen. Ja, verdammt, sie achtete auf ihr Äußeres. Sollten andere sie doch eitel nennen. Sie wollte jedenfalls nicht so schlampig herumlaufen, wie viele junge Frauen es heutzutage taten. Jogginganzüge fand sie genauso ordinär wie Spaghettiträger.

3

Er hatte die Szene aufmerksam beobachtet. Gleich würde es hier vor Polizei nur so wimmeln. Die Leiche war gefunden worden.

Für die zwei Schüsse hatte er keine Erklärung. Jedenfalls schien dieser Rupert mit dem Einsatz seiner Waffe nicht gerade zimperlich zu sein. Vielleicht hatte er auf einen Schatten gefeuert.

Wenn wir uns gegenüberstehen, muss ich schneller sein, dachte er. Er wird nicht zögern, zu schießen.

Von hier oben hatte er einen guten Blick auf die in Frage kommenden Häuser. Auf dieser Baustelle war seit gut zwei Wochen nicht mehr gearbeitet worden. Der Rohbau stand. Der Dachstuhl auch schon. Es fehlten nur noch die Pfannen. Da es Probleme mit der Finanzierung gab und bereits Scheidungsanwälte mitmischten, würde dieses Haus so bald nicht fertiggestellt werden.

Er hatte schon überlegt, es für sich selbst zu kaufen. Bald schon wäre es für wenig Geld zu haben. Wenn der Wintereinbruch bevorstand, fielen solche Immobilien rasant im Wert.

Er versuchte, sich das vorzustellen: Er in dieser Siedlung. Wohlanständigkeit war eine perfekte Tarnung. Hier konnte er sich sogar der ostfriesischen Brauchtumspflege widmen. Mitglied im Shantychor werden oder bei der Freiwilligen Feuerwehr. Gab es für einen Drogendealer wie ihn ein besseres Versteck?

Ja, er wäre gerne einer von ihnen geworden. Warum sollte er sich nicht mit einem Polizisten anfreunden, wenn der doch sein Nachbar war? Von Whisky schien dieser Rupert ja etwas zu verstehen.

Seine Frau machte einen netten, aber recht unbefriedigten Eindruck. Die würde er schnell für sich gewinnen, da war er voller Zuversicht. Frauen fuhren auf ihn ab. Zumindest am Anfang. Später dann warfen sie gern mit Tassen und Tellern nach ihm oder zogen ins Frauenhaus um. Je nach Temperament.

Aber wenn er dieses Ding hier vermasselte, dann war er selbst nicht mehr sicher. Egal, wie hoch man in seiner Branche aufstieg, man hatte doch immer einen über sich. Wer in seiner Liga versagte, war ein toter Mann.

Dieser Freddy Quinn, wie er genannt wurde, war, anders als sein Name erahnen ließ, kein Singvogel gewesen. Oder er hatte einfach keine Ahnung gehabt. Die meisten erzählten schon, bevor er ihnen den ersten Finger abschnitt, alles, was sie wussten. Dieser Musiklehrer hatte stur behauptet, keine Ahnung zu haben. Er war nicht einmal ohnmächtig geworden, wie so viele, wenn er nur mit der Schere drohte.

In gewisser Weise hatte er Respekt vor dem Typen. Er war ein verdammt harter Hund gewesen. Schade um ihn.

Er hatte einen Herzinfarkt bekommen oder so etwas, jedenfalls war er mitten im Wohnzimmer umgefallen. Einfach so. Und war liegen geblieben.

Trotz des starken Preisverfalls bei Amphetaminen durch die Billiglabore im Osten waren die Preise für Kokain und Heroin gestiegen. Sauberer Stoff war mehr als Gold wert. Er war nur ein Zwischenhändler. Bei ihm lief unter hundert Gramm gar nichts. Den Straßenjob, das gefährliche Gefeilsche in Clubs und Bahnhofstoiletten überließ er dem Fußvolk.

Ihm waren zwei Kilo Koks abhandengekommen. Zwei Kilo! Er erzielte Preise zwischen sechzig und siebzig Euro pro Gramm. Sein Boss sprach von einem Straßenverkaufswert von zweihunderttausend.

Die Straße möchte ich sehen, dachte er, hatte aber vorsichtshalber geschwiegen. Solchen Bossen widersprach man besser nicht. So konnte nur jemand reden, der die Straße selbst gar nicht mehr kannte. Aber mir macht er jetzt die Hölle heiß. Ich soll zahlen oder den Stoff wieder rausrücken.

Als die ostfriesischen Bullen ihre große Razzia bei mir und meinen fünf Kumpels abgezogen haben, da hat meine aktuelle Schnecke richtig reagiert. Zugedröhnt bis unter die Haarspitzen ist sie nicht nur eine Kanone im Bett, sondern auch schwer auf Zack, was die Jungs von der Trachtengruppe angeht. Sie riecht Cops auf hundert Meter. Sie ist nur in ihren scharfen Dessous abgehauen. Barfuß. Aber mit dem ganzen Stoff.

Bei mir haben sie vergeblich die Hütte umgegraben. Sogar die Zahnpasta haben sie aus der Tube gedrückt.

Die räumen hinterher nicht auf. Der Job muss echt Spaß machen. Ich meine, wenn man Sadist ist, dachte er. Jedenfalls hat meine Schnecke den Stoff nicht irgendwo vergraben, sondern ist in eins der neuen Häuser eingestiegen. Da sind noch nicht mal Hausnummern dran. Es war dunkel. Es gibt noch keine Straßenlaternen. Hier ist ja im Grunde noch überall Baustelle. Nur ein paar Häuser sind schon bewohnt. In einem davon war sie. Davor stand ein gelber Bulli mit der Aufschrift *Eine Kelle für alle Fälle.* So viel hat sie sich noch gemerkt, obwohl sie breit war wie eine Axt.

Durch ein gekipptes Terrassenfenster ist sie eingestiegen. So etwas kann meine Kleine. Sie hat vier Jahre Beschaffungskriminalität hinter sich. Das war, bevor ich sie aus der Gosse geholt habe.

Sie hat das Päckchen im Spülkasten der Toilette im ersten Stock versteckt. Soweit alles easy. Aber am anderen Tag, als ich das Päckchen holen wollte, parkte da kein gelber Bulli mehr. Und meine süße Kleine litt nicht nur an einem Hangover, sondern konnte sich auch nicht mehr genau daran erinnern, in welches Haus sie eingestiegen war. Die sehen ja alle ähnlich aus, mit ihren roten Klinkern. In den Vorgärten blüht nichts. Die wirken eher wie Truppenübungsplätze.

Ich bin bei Heckmann, Lux und Quinn eingestiegen. Nichts. Ich vermute, die Spülung ging nicht mehr, und dann hat einer von diesen Heimwerkern versucht, alles selbst zu reparieren und ist so in den Besitz von genügend Koks gelangt, um sein Eigenheim rasch abbezahlen zu können.

Dieser Quinn hätte die besten Karten gehabt, alles grammweise an seine Schülerinnen zu verticken.

Okay, er war wohl der Falsche. Aber dieser Bulle Rupert, der den toten Quinn gefunden hat, der muss es faustdick hinter den Ohren haben. Er lässt sich rund ums Haus Videokameras anbringen. Woher plötzlich diese Sorge um die eigene Sicherheit? Hat der Herr etwa etwas zu verbergen? Zum Beispiel zwei Kilo Koks? Kommt daher seine Nervosität, und er hat gleich den Ballermann in der Hand?

Kann ein Bulle überhaupt morgens in seiner Dienststelle auftauchen und sagen: »Guckt mal,

Leute, was ich gefunden habe! War ganz zufällig in meiner Toilette.«

Nee. So läuft das nicht. Da versucht einer, seine Chance zu nutzen und sich mächtig zu verbessern. Ich krieg meinen Stoff zurück, Rupert. Und du kannst mich nicht mal anzeigen. Wie würdest du dastehen? »Oh, mir hat einer das Koks geklaut …«

Ich wette, du rückst es gleich raus, wenn du die Schere siehst. Du weißt ja, was passiert, wenn einer widerspenstig ist. Warte! Warte nur, bis es dunkel geworden ist. Dann komme ich …

4

Evi öffnete der Kommissarin. Evis Freund wartete schon im Auto auf der anderen Straßenseite, um sie abzuholen. Sie winkte ihm kurz zu und blieb.

Ann Kathrin Klaasen war nicht in einem Polizeiauto mit Blaulicht gekommen, sondern in einem froschgrünen, uralten Twingo, der nur noch von Rost, Lack und ein paar Aufklebern zusammengehalten wurde.

Sie sah strubbelig aus, aber nicht, als hätte der Wind ihre Frisur geformt, sondern als sei sie gerade beim Mittagsschlaf gestört worden. In ihrem Gesicht hatte das zusammengeknüllte Kopfkissen Streifen hinterlassen.

Sie begrüßte Evi förmlich und ging zur Terrasse durch, wo sich Rupert im Gartenstuhl um aufrechte Haltung bemühte. Ohne dass ihr etwas angeboten worden war, nahm Ann Kathrin ein Teetässchen, goss es voll, blies einmal kurz darüber und trank es mit einem Zug leer. Sie stellte die Tasse wieder ab.

Rupert fragte demonstrativ: »Möchtest du einen Tee?«

»Ja«, antwortete sie, »am liebsten intravenös.«

Rupert deutete auf den Kuchen. »Wir haben auch Erdbeertorte.«

Seine Frau nickte wortlos und starrte durch Ann Kathrin hindurch.

»Ich bin nicht zum Kaffeeklatsch gekommen«, stellte die Kommissarin klar.

Rupert las es mehr von ihren Lippen, als dass er sie hörte. Er zeigte auf das Haus gegenüber: »Da«, sagte er.

»Ist der Täter noch im Gebäude? Wo ist der Rest der Familie?«

Rupert deutete auf seine Ohren: »Was hast du gesagt?«

Ann Kathrin Klaasen zog sich Gummihandschuhe an: »Der Notarzt und die Kollegen von der Kriminaltechnik werden gleich da sein …«

Sie ging zum Tatort. Rupert wollte eigentlich mit, kam aber kaum aus dem Stuhl. Er stöhnte, als er sich, mit beiden Händen an die Lehne geklammert, hochdrückte.

Evi folgte Ann Kathrin Klaasen. Die Kommissarin drehte sich kurz um und stoppte Evi mit einer Geste.

»Ich habe die Tür geschlossen, damit die Möwen ihn nicht noch mehr …« Evi verstummte mitten im Satz.

»Danke, aber das ist jetzt nicht mehr Ihr Ding«, erklärte Ann Kathrin. Evi blieb still stehen und wäre bestimmt auch dort geblieben, hätte die Kommissarin nicht gesagt: »Gehen Sie aus der Schusslinie.«

Das Wort *Schusslinie* ließ Evi zur Terrasse zurückfliehen.

Ann Kathrin hielt jetzt ihre Heckler & Koch in der rechten Hand und öffnete mit links die Tür. Sie stellte sich so, dass sie zwar in den Raum blicken konnte, vor eventuell abgefeuerten Schüssen aber recht gut geschützt war.

Sie wusste, dass es sicherer gewesen wäre, auf Verstärkung zu warten. Aber möglicherweise brauchte da drin jemand Hilfe. Das hier war ein neugebautes Einfamilienhaus. Darin wohnten selten Junggesellen. Vermutlich hatte Ruperts Nachbar, der angeblich vor dem Klavier lag, eine Frau, und wenn die Schaukel vor dem Haus zwischen dem Sand- und Kieshaufen Sinn machte, sollte auch mindestens ein Kind da sein.

Ann Kathrin befürchtete, gleich die ganze Familie getötet aufzufinden. Denn wenn sie noch lebten, wieso hatte niemand von ihnen die Polizei alarmiert? Wie lange konnte ein Familienpapi im Wohnzimmer liegen, ohne dass jemand etwas merkte?

Sie blieb in Deckung und rief ins Haus: »Hier spricht die Polizei! Hilfe ist unterwegs! Ist hier noch jemand? Bitte geben Sie Laut!«

Eine Möwe mühte sich auf dem Sideboard ab, eine Pralinenschachtel zu öffnen, die die Dame des Hauses zu ihrem zehnten Hochzeitstag geschenkt bekommen hatte, weil ihr Mann immer noch glaubte, sie würde Weinbrandbohnen lieben, obwohl sie nie – wirklich nie – in seiner Gegenwart eine gegessen hatte. Sie schob ihm aber ab und zu eine in den Mund. Dabei musste sie jedes Mal an ihren Hengst Sir Henry denken, der so gerne Leckerli aus ihrer Hand fraß. Seine Lippen waren weicher als die ihres Mannes. Aber auch das hatte sie ihm nie gesagt.

Ann Kathrin wagte jetzt einen Schritt in die

Wohnung. Die aufgeschreckte Möwe flatterte ihr entgegen. Der siebenarmige Kronleuchter an der Decke wackelte hin und her.

Ann Kathrin sah den Mann am Boden und hatte nicht den geringsten Zweifel, dass er tot war. Sie hörte die Polizeisirenen. Das ging aber schnell, dachte sie erleichtert.

Sie sicherte die Ecke hinter sich und wagte sich in den nächsten Raum vor. »Hallo?! Ist da wer?!«

Keine Antwort.

In fast jedem Einfamilienhaus waren die Kinderzimmer oben. Ann Kathrin stürmte gegen alle Regeln die Treppe hoch. Sie registrierte das Blut auf der weißen Treppe. Legosteine lagen auf dem Boden. Irgendeine halb zusammengebaute Kampfmaschine lag in der Ecke.

»Hallo?! Hallo?! Ist da jemand? Polizei!«

Die Tür zum Kinderzimmer stand halb offen. Sie konnte das Bett sehen. Einen kleinen Kickertisch. In ihrer Vorstellung suchte sie nach einem Jungen. Aber das Zimmer war leer.

Die Mutter in ihr suchte sogar unter dem Bett. Dort lag aber nur ein umgekipptes Polizeiauto, dem ein Rad fehlte.

Sie stieß die nächste Tür auf. Das Elternschlafzimmer. Ein Boxspringbett. Zerwühlte schwarze oder nachtblaue Laken, die seidig glänzten. Ein großer Spiegel. Ein Regal mit Pokalen. Auf dem Nachttisch links ein halbvolles Weinglas und ein Stapel Taschenbücher. Auf dem rechten nichts.

War hier ein Partner ausgezogen? Oder war einer sehr ordentlich und der andere überhaupt nicht?

Sie hörte ein Geräusch auf der Treppe. Ein Scheppern, als würde etwas umfallen. War noch ein Tier im Haus, oder versuchte der Täter zu entkommen?

Sie war mit wenigen Schritten im Flur bei der Treppe, konnte aber nicht ausmachen, woher das Geräusch gekommen war.

Auch die Tür zum Badezimmer stand halb offen. Hier drin war sehr viel Blut. In der Badewanne, auf dem Rand … Auf den Fliesen …

Eine verängstigte Möwe flog von innen gegen die Fensterscheibe. Sie fiel wie betäubt herunter, rappelte sich aber gleich wieder auf und wollte an Ann Kathrin vorbei nach draußen. Sie stieß schauerliche Laute aus.

Eine junge Stimme kreischte um Hilfe.

Ann Kathrin war sofort wieder im Flur. Unten im Türrahmen stand eine schlanke junge Frau. Sie hielt sich beide Hände vor den Mund, konnte aber nicht aufhören zu schreien.

Ann Kathrin wollte sich vorstellen, doch sie bot einen furchterregenden Anblick. Sie hatte eine Pistole in der Hand und löste bei der schreienden Frau einen Fluchtreflex aus. Sie rannte los.

Ann Kathrin wollte hinterher, rutschte aber auf dem Blut aus und fiel lang hin.

Endlich hörte sie den Notarzt. Die Rettungssanitäter hatten den jungen Dr. Sommerfeldt mitgebracht. Ann Kathrin rief von oben runter: »Hier ist niemand mehr! Wir müssen versuchen, die Frau und das Kind zu erreichen!«

In ihrer Stimme klang Resignation mit, so als glaube sie selbst nicht daran, die zwei noch lebend vorzufinden. Viel größer schien ihr die Wahrscheinlichkeit, dass die beiden im noch nicht bepflanzten Vorgarten verscharrt worden waren.

Ann Kathrin kämpfte gegen diesen Gedanken an, wollte ihn nicht denken.

Die kreischende Frau lief Weller direkt in die

Arme. Er versuchte, sie zu beruhigen. Sie kratzte ihm durchs Gesicht. Ihre sorgfältig manikürten Fingernägel hinterließen blutige Spuren auf seiner linken Wange.

Bevor sie ihn beißen konnte, hob er sie hoch und packte sie auf seine rechte Schulter, wie er es früher aus Spaß mit seinen Töchtern gern gemacht hatte, wenn er sie ins Bett brachte.

Rupert sah das und folgerte daraus, dass Weller die junge Frau als Täterin nicht in Betracht zog.

Ihr Kopf baumelte in Wellers ungeschütztem Rücken. Ihre Beine zappelten vor seinem Brustkorb in der Luft herum.

Er brachte sie zu Rupert, setzte sie auf einen Gartenstuhl und fragte nach ihrem Namen.

Dr. Bernhard Sommerfeldt stellte inzwischen den Tod des Mannes eindeutig fest. »Er ist«, diagnostizierte Sommerfeldt, »seit höchstes zehn oder zwölf Stunden tot. Ihm wurden rechts zwei Finger abgetrennt und links einer. Die Wunden sind unversorgt. Der Blutverlust führte aber nicht zum Tod. Eine Kugel hat praktisch neben seinem Bauchnabel ein ziemliches Loch hinterlassen. Näheres muss ein Gerichtsmediziner feststellen. Ich kann dem guten Mann jedenfalls nicht mehr helfen. Möge der Herr seiner Seele gnädig sein.«

Ann Kathrin stand auf wackligen Beinen neben Dr. Sommerfeldt, als er seine Einschätzung abgab. Sie stieß zweimal säuerlich auf. Er betrachtete sie voller Mitgefühl: »Sie sind die Treppe hinuntergestürzt, Frau Klaasen. Haben Sie Gedächtnislücken? Wenn Ihnen übel wird oder Sie sich übergeben müssen, könnte es sich um eine Gehirnerschütterung handeln. Ich muss jetzt sowieso zurück in meine Praxis. Ich bringe Sie gern nach Hause …«

»Nein, danke«, sagte sie, »ich fühle mich topfit.« Sie war keine gute Lügnerin.

Während die Kriminaltechniker nun ihre Arbeit machten und Spuren sicherten, stellte sich Rupert, obwohl er Feierabend hatte, halb taub war und seine Wirbelsäule wie die Hölle brannte, ganz in den Dienst der Ermittlungen. Er schlug vor, die Befragung der Nachbarn zu übernehmen, was seine Schwiegermutter mit dem Satz kommentierte: »Typisch, dass er uns in so einer Situation im Stich lässt.«

Die junge Frau hatte sich inzwischen gefangen

und ein großes Glas Leitungswasser getrunken. Sie war siebzehn Jahre alt, hieß Carmen Bauer und wollte Sängerin werden. Seit zwei Jahren nahm sie bei dem *Meister*, wie sie den Toten nannte, Gesangsunterricht.

Sein Familienname war Quinn, weshalb er von vielen Freddy genannt wurde, was sie respektlos fand. Meister sei die bessere Bezeichnung, betonte sie. Richtig hieß er mit Vornamen Rainer.

»Wer«, fragte Ann Kathrin auf der Terrasse, mit Blick auf die Erdbeertorte, »hat diesen Rainer Quinn so sehr gehasst? Es ist ein typischer Fall von Übertötung. Da war jemand sehr wütend oder völlig außer Kontrolle. Selbst als Quinn schon tot war, wurde noch auf ihn geschossen.«

»Ich fürchte, das war ich«, gab Rupert zu.

Beate nahm ihre Mutter mit ins Haus. Sie musste dieser improvisierten Dienstbesprechung nun wirklich nicht beiwohnen.

Rupert hörte seine Schwiegermutter im Wohnzimmer zetern: »Was ist das nur für ein Idiot?! Was hast du dir nur dabei gedacht, diesen Kretin zu heiraten?! Du hättest eine richtig gute Partie machen können … Dieser von Oertzen zum Beispiel …

Das war ein Mann! Aber nein, es musste ja dieser ostfriesische Depp sein!«

Es störte Rupert nicht, dass seine Kollegen alles mitbekamen. Er versuchte gleich, das Ruder wieder herumzureißen und trumpfte auf: »Er war doch sowieso schon tot und, herrjeh, ich wollte die Scheiß-Möwen vertreiben. Die hätten gern sein Gesicht als Dessert verzehrt.«

Bei dem Wort *Dessert* nahm Weller sich ein Stückchen Erdbeertorte und balancierte es auf der Hand zu seinem Mund.

»Also«, fuhr Rupert fort, »ich wundere mich nicht, dass einer dem Kerl die Finger abgeschnitten hat. Ich meine, ihr hättet das mal hören sollen! Jeden Tag diese Katzenmusik! Schrecklich! Wahrscheinlich ist er darüber mit einem Nachbarn in Streit geraten, und der hat dann …«

Ann Kathrin unterbrach ihn hart: »Mit einem Nachbarn in Streit geraten? Und der hat ihm dann drei Finger abgehackt und ihn …«

»Naja«, druckste Rupert herum, »es war wirklich kaum zum Aushalten. Und dann diese Musikschüler!«

Carmen Bauer schluchzte laut auf. Erst dadurch

wurde allen bewusst, dass sie immer noch da war und darauf wartete, von ihrem Vater abgeholt zu werden. Der arbeitete in Norden beim Finanzamt und hatte versprochen, sofort zu kommen.

Sie beschimpfte Rupert: »Sie haben doch gar keine Ahnung, neben welchem Genie Sie gewohnt haben! Ihre Mutter hatte schon recht: Sie sind ein Kretin, nichts weiter als ein Kretin!«

»Das ist nicht meine Mutter«, protestierte Rupert, »das ist meine Schwiegermutter!« Er unterdrückte die Frage, was denn, verdammt nochmal, ein »Kretin« sei.

Ann Kathrin bestand darauf, die Besprechung ins Kommissariat zu verlegen.

5

Im großen Besprechungsraum in Norden am Markt fasste Ann Kathrin zusammen, was sie wussten: »Wir haben sein Handy ausgewertet. Er hat etwa ein Dutzend Mal versucht, seine Frau zu erreichen. Zuletzt um 21 Uhr 11. Da hat er also vermutlich noch gelebt. Wir versuchen zurzeit, ihr Handy zu orten. Es ist ausgeschaltet. Es gibt keine Einbruchsspuren. Die Terrassentür war unverschlossen. Gut möglich, dass der Täter so ins Haus kam und es so auch wieder verlassen hat.«

Rupert fuhr dazwischen: »Die Terrassentür war immer offen! Das war ja das große Problem. Ich glaube, der hat die nie abgeschlossen. Und so konnte er die ganze Siedlung beschallen …«

Ann Kathrin fuhr fort: »Oben im Badezimmer deuten die Blutspuren darauf hin, dass Herrn Quinn die Finger dort abgeschnitten wurden. Dazu muss so etwas wie eine Gartenschere benutzt worden sein.«

Ann Kathrin wunderte sich über ihre eigenen Worte. So eine Schere war nicht gefunden worden. Aber sie selbst hatte damit im Frühjahr die Rosen geschnitten. Sie machte es immer, wenn die Forsythien blühten. Seitdem war ihre Rosenschere verschwunden. Sie hatte sie erst gestern in einer Kiste mit Fahrradutensilien wiedergefunden.

Wie sehr, dachte Ann Kathrin, die Zufälligkeiten unseres eigenen Lebens doch unsere Sicht auf die Dinge bestimmen. Hätte ich gestern die Schere nicht gefunden, hätte ich es heute nicht erwähnt. Der Täter hätte genauso gut ein Messer benutzt haben können oder ein Beil.

»Wir haben die Tatwaffe noch nicht gefunden«, ergänzte sie.

Wieder kehrten ihre Gedanken zu Quinns Frau und seinem Sohn zurück. Wo waren sie? Warum gab es keinen Kontakt?

Rupert malte Kreise auf das Papier am Flipchart. Es sollten gleichgroße Kreise werden, aber es wurden verschieden große liegende Eier. Auf das in der Mitte zeigte er: »Hier wohnt die Nervensäge.«

Ann Kathrin verdrehte die Augen. Immer, wenn

sie so rummachte und ihn dann so ansah, erinnerte sie ihn an Edeltraut. Er wusste, dass er in ihren Augen mal wieder etwas falsch gemacht hatte.

Er räusperte sich. Sein Hemd begann auf der Haut zu kratzen. »Also, ich wollte sagen, wohnte diese Nervensäge … Wohnte. Er ist ja nicht mehr unter den Lebendigen.«

Rupert glaubte, jetzt alles richtig gemacht zu haben, doch Ann Kathrin korrigierte ihn: »Das Opfer. Bitte sprich nicht von der Nervensäge, wenn du das Opfer meinst.«

Rupert nickte. »Also gut. Jedenfalls wohnte diese Knalltüte hier. Das ist mein Haus, hier wohnt die Familie Fuchs oder Hase oder so, mit den vorlauten Kids, und da die Familie Heckmann. Herr Heckmann versteht etwas von gutem Whisky.«

So, wie Rupert es sagte, schwang mit, dass er die meisten anderen für Idioten hielt.

Ann Kathrin fiel auf, dass Rupert sein Haus größer gemalt hatte als alle anderen. In Wirklichkeit war es aber das kleinste.

»Wir alle«, fuhr Rupert fort, »wurden von dieser Katzenmusik terrorisiert.«

Ann Kathrin hakte nach: »Willst du damit sagen, dass ihr alle über seinen Tod nicht gerade in Depressionen verfallt?«

»Hm. Etwas Besseres konnte uns praktisch nicht passieren. Jetzt ist endlich Ruhe in der Siedlung.«

»Und ihr könnt endlich wieder ungestört bei offenen Fenstern oder auf der Terrasse Whisky trinken«, ergänzte Ann Kathrin. Rupert grinste und fühlte sich endlich verstanden.

Sie schlug mit der Hand sauer auf den Tisch. Rupert griff sich ans rechte Ohr.

»Es gibt noch etwas, das die Häuser der Familien Luchs«, Ann Kathrin betonte den Namen, »also nicht Fuchs oder Hase, sondern Luchs, Heckmann und Quinn gemeinsam haben. In allen dreien wurde vor kurzem eingebrochen. Ins Haus der Familie Heckmann sogar zweimal hintereinander im Abstand von nur wenigen Tagen.«

»Deshalb«, betonte Rupert mit erhobenem Zeigefinger, »lasse ich ja gerade eine Videoüberwachung installieren.«

Ann Kathrin, die schon seit Jahren ihr Haus mit Kameras gesichert hatte, guckte beeindruckt, weil Rupert das Wort »installieren« fehlerfrei ausgesprochen hatte. Er missdeutete ihren Blick. Hatte sie auch den Eindruck, sein Haus wirke zu billig, um Einbrecher anzulocken?

Frank Weller hatte die ganze Zeit geschwiegen. Jetzt sprach er bedächtig: »Wisst ihr, was ich komisch finde? Dieser Freddy Quinn …«

»Rainer«, korrigierte Ann Kathrin ihren Ehemann. Der nickte ihr dankbar zu und fuhr fort: »Also, er hätte laut Plan schon zwei Mädels unterrichten müssen, bevor Carmen Bauer bei ihm aufkreuzte. Die Tür war auf. Die Musikschülerinnen hätten ihn also finden müssen. Ich frage mich: Hat er ihnen abgesagt?«

»Er wohl kaum«, lachte Rupert. »Aber vielleicht hat der Täter angerufen.« Er äffte eine tiefe, rauchige Stimme nach: »Hier spricht jemand, der es gut mit dir meint. Du hast heute frei. Dein Scheiß-Klavierlehrer liegt in seinem Blut, und ihm fehlen drei Finger.«

Ann Kathrin sah sich im Kreis der Kollegen um. »Hat mal jemand die Schülerinnen befragt?«

Sylvia Hoppe, die bis jetzt stumm und blass daneben gesessen hatte, stand wortlos auf und ging zur Tür. Wer sie gut kannte, wusste, dass sie sich nun der Sache annahm, und hier kannte man sie gut. Sie war eine wortkarge Frau, die manchmal die anderen durch ihr Schweigen zum Reden brachte. Es gab aber auch Menschen, die in ihrer Nähe trotzig selbst stumm wie Fische wurden.

6

Warum, fragte er sich, soll ich eigentlich bis heute Nacht warten? Vielleicht kassiere ich den Koks besser ein, wenn der schießwütige Cowboy nicht zu Hause ist. Mit seiner Frau und seiner Schwiegermutter werde ich ja wohl leicht fertig. Seine Frau ist ja schon umgekippt, als sie den Toten gesehen hat. Mit der werde ich leichtes Spiel haben. Wenn ich drohe, ihrer Mutter weh zu tun, knickt die brave Tochter bestimmt sofort ein.

7

Die Information passte perfekt in Ruperts Weltbild. Frau Quinn war mit ihrem Sohn vor zwei Tagen ausgezogen. Er lachte: »Dachte ich's mir doch!«

Charlie Thiekötter, der Computerspezialist der ostfriesischen Polizei, hatte das Passwort praktisch im Vorbeigehen geknackt wie eine Dose Bier und die letzten E-Mails gelesen.

Sie war vorübergehend zu ihrer Schwester nach Uslar gezogen. Ihr Handy hatte sie, um von ihrem Ex in Ruhe gelassen zu werden, schlicht und einfach ausgeschaltet.

Aus den E-Mails ging hervor, dass sie nicht länger bereit war, seine ständigen Affären mit Schülerinnen hinzunehmen. Seine wechselnden Eroberungen mussten zwischen fünfzehn und höchstens neunzehn Jahren alt gewesen sein, was Rupert sofort bestätigte: »Ja, ich habe sie alle kommen und gehen sehen. Wahrscheinlich ist ein eifersüchtiger Papi durchgedreht und hat ihn umgelegt.«

Ann Kathrin verzog die Lippen: »Ach, keine Nachbarn?«

»Naja, ich denke, so ein Papa kann ganz schön sauer werden, wenn seine Tochter …«

Ann Kathrin machte eine wegwerfende Handbewegung. »Glaube ich eher nicht. Ein Vater, der sein Kind schützen will, neigt vielleicht dazu, feste zuzuschlagen und laut zu werden, schneidet aber doch keinem Mann die Finger ab …«

Rupert plusterte sich auf: »Du hast ja keine Ahnung! Du fragst doch immer, was wollte der Täter uns damit sagen? Nun, in diesem Fall ist es ganz einfach.«

»So?«

»Ja! Finger weg von meiner Tochter!« Rupert hob die Faust. »Ich meine, Leute, wenn so einer meine Tochter …«

Weller bremste ihn laut: »Du hast aber keine Tochter …« Dann fügte er sanfter hinzu: »Ich dagegen habe zwei …«

In dem Moment öffnete Sylvia Hoppe die Tür. Sie brachte einen Geruch von Mandeln, frischen Berlinern und dunkler Schokolade mit. Entweder hatte sie ein neues Parfüm, Marke Konditorei, aufgelegt, oder sie kam von ten Cate. Das Café lag direkt um die Ecke in der Osterstraße. Sie musste nur den Marktplatz überqueren.

Ann Kathrin guckte ein bisschen neidisch: »Du hättest uns ruhig etwas mitbringen können. Wer weiß, wie lange wir hier noch sitzen.«

»Tschuldigung«, sagte Sylvia und hielt sich eine Hand vor den Mund. Sie kaute noch.

»Hast du denn die zwei Schülerinnen erreicht?«, wollte Weller wissen.

Sylvia nickte geflissentlich und schluckte den letzten Bissen hinunter. »Ja, also, das heißt, nein.«

Rupert guckte und machte eine Handbewegung, als sei diese Antwort typisch für Frauen.

»Ich habe«, fuhr Sylvia Hoppe fort, »mit den Eltern gesprochen. Das eine Mädchen ist krank. Es hörte sich aber schwer nach einer Lüge an. Und die andere geht nicht zum Musikunterricht, stattdessen hat die Familie wohl vor, den Herrn Quinn zu verklagen.«

»Na bitte!«, triumphierte Rupert. »Der saubere Herr Quinn.«

»Grins nicht so, als würdest du ihm das gönnen«, schimpfte Ann Kathrin.

8

Beate nahm entgegen ihren sonstigen Gewohnheiten zwei Beruhigungstabletten. Ihre Mutter hatte darauf bestanden. Eigentlich war Beate seit Jahren eine erklärte Gegnerin der Pharmaindustrie. Sie versuchte, allen Krankheiten und Wehwehchen mit Meditation, Reiki, Tees und höchstens homöopathischen Mitteln zu begegnen. Aber dieser Nachmittag war einfach zu viel für sie gewesen.

Ihre Mutter fand Gefallen daran, jetzt voll und ganz für ihre Tochter da zu sein. Sie fühlte sich wichtig, und endlich wurde sie gebraucht.

Beate trank noch ein großes Glas Wasser, und da sie solche Medikamente nicht gewohnt war, fiel sie in einen tiefen, ohnmachtsgleichen Schlaf. Schneewittchen, die in den vergifteten Apfel gebissen hatte, schlief nicht fester in ihrem Sarg als Beate, nachdem ihre Mutter sie zu Bett gebracht hatte.

Die gute Frau entschied sich, endlich einmal

Beates Haushalt in Ordnung zu bringen und sich anschließend vor dem großen Flachbildschirm mit einem Glas Rotwein in der Hand die Angelique-Verfilmung in der ARD anzuschauen. Es war eine Wiederholung. Sie liebte Wiederholungen. Dann passierte wenigstens nichts Unvorhergesehenes.

In einem verborgenen Winkel ihrer Seele war sie wie Angelique, die Figur der französischen Schriftstellerin Anne Golon. Schön. Begehrenswert. Wild und jung. Vor allen Dingen aber war sie mit einem unbändigen Lebenswillen ausgestattet, der sie unbeugsam machte.

Als es an der Tür klopfte und dort ein breitschultriger, braungebrannter Mann mit einer blauen Schirmmütze vor ihr stand, huschte ein Lächeln über ihre Lippen, das ihr Schwiegersohn Rupert so noch nie gesehen hatte. In ihrem Blick lag etwas Spitzbübisches, ja fast schon Verführerisches, als sie den Herrn hereinbat, der behauptete, der Klempner zu sein, der vor Tagen gerufen worden war. Er käme so spät, weil im Moment überall so viel verstopft sei, dass er manchmal gar nicht wisse, wie er die Termine schaffen solle.

»Wir zahlen gut«, sagte er, »aber wer will schon heute noch Klempner werden oder Maurer? Die wollen doch alle studieren.«

Mit diesem Satz hatte er sie vollständig für sich gewonnen.

»Zu uns kommt heute also der Chef persönlich?«

Er führte seine Hand zum Mützenschirm. »Jawohl, Madame.«

Als er dann auch noch einen Scherz riss, war sie hin und weg. »Wissen Sie«, fragte er, »wie die Zukunft in unserem Land aussieht?«

Sie zuckte mit den Schultern und sah ihn an, als erwarte sie nun den weisen Spruch eines anerkannten Hellsehers.

»Fünf Akademiker sitzen bei einem Klempner im Wartezimmer. Er macht eine Art Casting, zu wem er zuerst kommt, denn seit drei Monaten sind ihre Klos verstopft. Sie haben Abschlüsse in Philosophie, Ökonomie und Soziologie. Aber keiner von ihnen kann ein Klo reparieren.«

Edeltraut lachte herzlich. Das war ein Kerl nach ihrem Geschmack. Richtige Männer gab es ja heutzutage praktisch gar nicht mehr.

Sie ließ ihn herein und bemerkte spöttisch, dass

ihr Schwiegersohn nicht mal in der Lage sei, einen Nagel in die Wand zu kloppen.

Links an seinem Gürtel baumelte etwas wie ein Zimmermannshammer und rechts eine Schere, wie man sie braucht, um Draht oder Rosen zu schneiden.

»Die Spülung oben war defekt. Das Wasser rauschte nur so durch. Man konnte nachts nicht schlafen. Es hörte sich an wie die Niagarafälle. Ich bin ja nicht geizig, aber es ist ja auch nicht so, als ob Wasser gar nichts kosten würde. Außerdem muss man ja an die Umwelt denken«, fügte sie lächelnd hinzu und sah ihn fast verliebt an.

»Und Sie haben die Spülung selbst repariert?«, fragte er bewundernd.

Sie winkte ab, als seien das kleine Fische für sie. Aber ein Hauch von Röte schoss in ihre Wangen. Sie hatte das Gefühl, ihr Gesicht würde glühen, aber so schlimm war es nicht.

»Leider muss ich Ihre Dienste gar nicht mehr in Anspruch nehmen. Ich habe es selbst geschafft. Nicht gerade eine Tätigkeit für Damen, aber was will man machen heutzutage?«

»Ja«, gab er ihr recht, »die Damen töten die Drachen in diesen Zeiten selber, weil die Ritter nicht mehr aus dem Fernsehsessel hochkommen.«

Sie wollte sich bei ihm für sein Kommen mit einem Stück Erdbeertorte bedanken. Sie bot ihm auch einen Kaffee an, doch sein Gesicht und seine Körperhaltung veränderten sich plötzlich, nachdem er die Tür hinter sich geschlossen hatte.

»Kann es sein, dass Sie im Toilettenspülkasten etwas gefunden haben?«

Sie sah ihn ungläubig an, als wisse sie nicht genau, worauf er hinauswollte.

»Da klemmte etwas. So ein Gummiring. Ich habe das Ding erneuert. Aber wir wollen uns doch nicht über so profane Dinge unterhalten, Herr …« Sie ließ das Wort *Herr* in der Luft hängen. Bisher hatte das immer funktioniert und der andere gab lächelnd seinen Namen preis. Diesmal war es anders, und das irritierte sie. Dieser Mann sah einerseits relaxed aus, andererseits hatte er eine Spannkraft in seinem Körper, so als könne er jederzeit wie ein Tiger zum Sprung ansetzen, um seine Zähne in den Hals eines Gnus zu rammen und es dann, losgelöst von der Herde, genüsslich zu verspeisen.

Das Ganze jagte ihr einen lustvollen Schauer

über den Rücken, genauso wie sein tätowierter Unterarm. Sie fand Tätowierungen eigentlich anrüchig. Für Frauen völlig undenkbar! Bei Seefahrern aber ganz o. k.

Da er ihr seinen Namen offensichtlich nicht verraten wollte, deutete sie auf sein Tattoo: »Sind das chinesische Schriftzeichen?«, fragte sie.

»Ja«, grinste er breit. »Und wissen Sie, was da steht?«

»Nein«, sagte sie und sah ihn neugierig an.

»Ich bekomme immer, was ich will.« Sie ignorierte den drohenden Unterton seiner Worte, griff beherzt zu und schob seinen Hemdsärmel höher, um mehr von dem Tattoo zu sehen. Er ließ es erstaunt geschehen.

»Ich mag Männer, die wissen, was sie wollen«, hauchte sie. Er wurde unsicher. Spielte er mit ihr oder sie mit ihm? Versuchte sie hier gerade irgendeine Barfrauenmasche, um ihn reinzulegen? War er in eine Falle getappt? Hatte sie heimlich irgendeinen Sicherheitsknopf gedrückt, und ihr Schwiegersohn rückte samt Kavallerie an, um ihn festzunehmen? Waren diese zwei Kilo Koks längst in der Asservatenkammer der Polizei als Beweisstück registriert? War diese Dame – angeblich allein gelassen in dem großen Haus – der Köder, um ihn zu fangen?

»Kann ich mir die Geschichte im Badezimmer mal ansehen?«, fragte er lauernd.

»Es ist alles wieder in Ordnung. Sie sind umsonst gekommen. Es sei denn, Sie entscheiden sich doch noch für ein Stück Erdbeertorte und eine Tasse Kaffee.«

Klar. Sie wollte Zeit gewinnen. Aber nicht mit mir, dachte er.

»Ich habe früher viel geangelt. Und wissen Sie, was ich dabei gelernt habe?«

»Wie man Fische fängt?«

»Nein. Der Köder überlebt nie. Würmer werden aufgespießt. Kleinen Köderfischchen zieht man einen Haken durch den Kopf, und größere werden zu Fischfetzen gehackt. Egal, ob der Angeltag erfolgreich war oder nicht: Der Köder ist auf jeden Fall erledigt, mag er noch so verführerisch gerochen haben …«

Er saugte schnuppernd Luft aus ihrer Richtung ein, als wolle er herausbekommen, welches Parfüm sie benutzte.

»Mein Gatte – Gott hab ihn selig – hat geangelt. Wissen Sie, was noch langweiliger ist als angeln?«

Er schaute sie groß an.

Sie sprach es genüsslich aus: »Jemandem beim Angeln zuzugucken.«

Er verzog den Mund. Es kam ihr vor, als hätte sie mit ihrer Bemerkung einige seiner Sympathien verspielt. Mit einer wegwerfenden Handbewegung sagte sie: »Aber was war bei meinem Mann schon nicht langweilig …«

Seine Stimme wurde hart. »So. Genug gequatscht. Ich habe nicht ewig Zeit. Wo ist der Schnee?«

Edeltraut ging einen Schritt zurück und breitete die Arme aus, als wolle sie davonfliegen. Er kannte diese dramatische Geste von seiner Mutter. Wenn sie solche Bewegungen machte, war sie immer kurz davor, sich von einem Mann zu trennen oder sich neu zu verlieben. Manchmal beides gleichzeitig. Jedenfalls kam immer eine Veränderung in sein Leben. Selten eine zum Besseren.

»Wo der Schnee ist?! Tja, ich vermute mal, er ist geschmolzen. Wir haben Juli, junger Mann. Da liegt in Ostfriesland nur selten Schnee. In den

Bergen von St. Moritz, auf den Berggipfeln, ja, da vielleicht. Aber wir sind hier nicht auf dem Piz Nair.« Bei dem Wort geriet sie ins Schwärmen: »Als junges Mädchen war ich dort Skilaufen. In dreitausend Metern Höhe. Ach, ich liebe Graubünden! Unser höchster Berg hier in Ostfriesland ist der Deich. Sieben Meter vierzig. Trotzdem können wir stolz darauf sein. Die Schweizer haben ihre Berge von Gott geschenkt bekommen. Wir haben unsere selbst gemacht. Aber da bleibt der Schnee nicht lange liegen.«

Sie ist dabei, mich totzuquatschen, dachte er sauer. Ich muss die Sache abkürzen. Jetzt sofort.

9

Ann Kathrin Klaasen hatte inzwischen Informationen vom Einbruchsdezernat. Der zuständige Kollege Kleinert, mit Schnauzbart und Bierbauch, erinnerte in seiner Erscheinung an einen Seehund. Beim Sprechen wirkte es auf Ann Kathrin, als sei Kleinerts Gebiss zu groß für seinen Mund. Er tat ihr ein bisschen leid, und sie war kurz davor, ihm einen neuen Zahnarzt zu empfehlen, denn er lispelte zu allem Überfluss, seit er das neue, strahlend weiße Gebiss hatte.

Seine mädchenhafte Stimme passte nicht im Geringsten zu seinem massigen Körper: »Wir haben es mit einer Einbruchsserie zu tun. Fast einhundert Einbrüche in zwei Monaten. Wir ermitteln sehr intensiv und arbeiten mit den Kollegen aus den Niederlanden zusammen. Eine Bande osteuropäischer Berufsverbrecher, hochmotiviert und bestens vernetzt und ausgebildet, ist hier am Werk. Die drei Einbrüche, um die es hier geht, passen aber absolut nicht ins Konzept. Ich war damals selbst vor Ort. Vorgehensweise, Grad der Verwüstung in den Häusern, was die Täter haben mitgehen lassen, das alles passt nicht. Die Einbrüche bei Heckmann, Luchs und Quinn wirken doch eher unprofessionell. Normalerweise braucht ein Profi nur wenige Sekunden, um eine Tür zu öffnen oder …«

Er sprach für Ann Kathrins Gefühl mit zu viel Hochachtung von *den Profis.* Sie unterbrach ihn: »Danke, aber wir wollten keinen Lehrgang über perfekten Wohnungseinbruch. Wir suchen ein Muster. Einen Hinweis auf den Täter. Die Einbrüche müssen nicht zwangsläufig in einem Zusammenhang mit dem Mord stehen, wenn auch vieles darauf hindeutet.«

Kleinert nahm die Belehrung gelassen entgegen. Er wusste, dass Kommissarin Klaasen als schwierig im Umgang galt und ging ihr so gut wie möglich aus dem Weg. Aber er hatte Respekt vor ihrer Aufklärungsquote. Davon konnten er und seine Leute nur träumen.

»Bei den Heckmanns hingen Graphiken an den Wänden. Ein paar recht wertvolle Sachen. Holzschnitte von HAP Grieshaber und Horst Dieter

Gölzenleuchter. Ölgemälde von Marlies Eggers und Anke Noreike. Außerdem Leuchttürme und Seekarten von Ole West. Die Einbrecherbande, mit der wir es zu tun haben, hat grundsätzlich immer alle Kunstwerke von den Wänden geholt.«

Rupert warf ein: »Eine Kunsträuberbande in Ostfriesland?«

Kleinert nahm die kritische Bemerkung auf. Er sah Rupert unverschämt grinsen. Für den waren Leute, die sich Kunst kauften und an die Wände hängten, sowieso Trottel mit zu viel Geld. Außer ein paar schönen Aktbildern kannte Rupert eigentlich nichts, das ihm wirklich gefiel. Bilder von Toulouse-Lautrec, der Tänzerinnen und Huren im Moulin Rouge gemalt hatte, akzeptierte er so gerade noch.

Die Neue, Jessi Jaminski, betrat den Raum. Sie gefiel Rupert. Eine sehr schöne junge Frau. Rupert gab sein Geld lieber für Frauen aus als für Kunst. Er zwinkerte Jessi zu.

Kleinert wischte sich Speichel aus den Mundwinkeln und verschaffte sich Gehör: »Ich sage ja nicht, dass es Kunstsachverständige sind. Die Täter handeln doch auf Anweisung. Wahrscheinlich hat ihr Boss gesagt: *Nehmt alles mit, was nach Kunst aussieht.* Die haben auch gerahmte Pinseleien eingepackt, die eine Zehnjährige für ihre Mutti zum Geburtstag gemacht hatte. Ich denke, es wird später von Fachleuten bearbeitet und sortiert. Einiges landet vielleicht auf dem Flohmarkt, anderes bei Kunsthändlern. Das ist wie mit Schmuck. Wer hat schon wirklich Ahnung davon? Da nehmen die erst mal alles mit. Modeschmuck genauso wie Omas Goldbrosche.«

Rupert rutschte auf seinem Stuhl hin und her. Wenn nur diese verdammten Rückenschmerzen nicht wären …

»Wie viel«, fragte er, »ist so ein Blatt von der Wand denn wert?« Er wusste, dass Ann Kathrin und Weller Bilder von Gölzenleuchter, Ole West und Marlies Eggers besaßen. Er schielte zu den beiden rüber. Sie hielten sich bedeckt.

»Kommt ganz drauf an. Zwischen vierzig und fünfzig Euro oder fünf-, sechstausend ist da alles drin. Der Kunstmarkt schlägt verrückte Kapriolen. Wir haben da in letzter Zeit Dinge erlebt …«

Rupert stöhnte und setzte sich anders hin. Er wirkte verkrampft.

Ann Kathrin schlug vor: »Wir kommen ganz gut

ohne dich klar, Rupert. Besser, du haust dich ’ne Runde aufs Ohr.«

Rupert war es vor Jessi peinlich, krank nach Hause geschickt zu werden. Deshalb machte er eine Handbewegung, als würde er die Aufforderung wörtlich nehmen und sich jetzt wirklich mehrmals heftig aufs Ohr hauen. Jessi lachte lauthals über seinen Scherz, aber da niemand sonst reagierte, schwieg sie leicht beschämt und sah vor sich auf die Tischplatte.

»Es geht mir gut«, log Rupert, »und immerhin habe ich die Leiche gefunden.«

Weller konnte sich den Satz einfach nicht verkneifen: »Und ihr eine Kugel verpasst …«, feixte er.

Jessi guckte hoch. Sie schielte zu Rupert. Er reagierte zunächst nicht. Erst, als Kleinert weiter referieren wollte, zischte Rupert: »Ja, wollt ihr mich hier loswerden, oder was? Niemand kennt den Kerl so gut wie ich. Er war mein Nachbar!«

»Das hat ihm aber auch nicht viel genutzt«, raunzte Weller.

In völliger Selbstüberschätzung wollte Rupert sich hochwuchten und damit drohen, nun wirklich zu gehen. Er hoffte einerseits, dass er es schaffen würde, sich schwungvoll zu erheben und andererseits, dass ihn dann vielleicht jemand bitten würde zu bleiben.

Beides ging schief. Mitten in der Aufwärtsbewegung stoppte ihn ein mörderischer Schmerz, der vom Rücken bis in die Knie und in seine Nasenwurzel schoss. Er plumpste auf den Stuhl zurück. Es klang wie ein Furz, und niemand bat ihn, es sich noch einmal zu überlegen. Nein. Nicht einmal Jessi.

Die hatte aber wohl Mitgefühl, war flink bei ihm, legte eine Hand zwischen seine Schulterblätter und fragte: »Soll ich dir hochhelfen, Rupi?«

Weller prustete: »Rupi?!«, und hielt sich dabei demonstrativ die Hand vor den Mund, als sei es ihm peinlich. War es aber nicht.

Auf Ruperts Stirn perlte der Schweiß. Es war ihm unglaublich unangenehm. Jessi war eine junge Kommissaranwärterin, keineswegs Ruperts Betreuerin. Sie sollte sich auch nicht so benehmen, fand er. Um es allen zu beweisen, biss er die Zähne aufeinander und stemmte sich mit den Armen hoch. Dabei klebten seine Hände geradezu auf der Tischplatte. Trotzdem sah es ziemlich gut aus.

Wenn er dabei nicht so gestöhnt hätte, wäre es vielleicht cool rübergekommen.

Da, wo er seine Hände aufgestützt hatte, waren jetzt seine nassen Fingerabdrücke zu sehen. »Das war's«, sagte er knapp und ging zur Tür wie Bruce Willis, der einen Raum verlässt, in dem er gerade ein paar Kerle verdroschen hat.

Rupert ging, um einen aufrechten Gang bemüht. Am liebsten hätte er sich in der Tür noch einmal umgedreht, sich malerisch wie Humphrey Bogart an den Türrahmen gelehnt, eine Zigarette angezündet und die anderen über die Flamme hinweg angesehen. Aber er war schon lange Nichtraucher. Auch wenn er es nicht zugab, Tabak hatte ihm eigentlich nie wirklich geschmeckt. Er hatte nur geraucht, um seine Paarungschancen zu verbessern. Denn Frauen, so dachte er damals, standen auf Männer, die filterlose Zigaretten rauchen.

Diese Zeiten waren längst vorbei. Die Leinwandhelden von damals würden in der heutigen Gesundheitsgesellschaft vermutlich ungeküsst schlafen gehen, dachte Rupert. Er hatte aufgehört zu rauchen, als ein junges Mädchen ihm sagte, sie küsse doch keine Aschenbecher.

Da ihn niemand aufhielt, schloss er die Tür hinter sich.

Sie wollen mich nicht dabeihaben, grummelte er. Sie wollen Ruhm und Ehre für sich alleine einsacken. Dass sich irgendjemand wirklich um ihn sorgte, konnte er sich nicht vorstellen. Jessi vielleicht ausgenommen. Aber sie sollte sich keine Sorgen um ihn machen, sondern zu ihm aufschauen. Für sie wollte er ein Held sein, wenn er es schon für sonst niemanden war.

Als er ein kleiner Junge war, wollte er gerne Superheld werden, aber der Job war als Beruf nicht voll anerkannt, und so bewarb er sich später erst mal bei der Kripo.

Sein Auto stand bei ihm zu Hause vor der Tür. Die anderen hatten ihn mit ins Kommissariat genommen. Er musste irgendwie wieder zurück.

Er fragte unten im Einsatzraum Marion Wolters, die am Funkgerät saß, ob ihn jemand nach Hause fahren könne.

Sie hatte eine kleingeschnittene Pizza Frutti di Mare in einem Pappkarton neben sich. Sie aß mit den Fingern. Ungefragt griff Rupert auch zu.

»Der Boden ist ganz schön kross«, lobte er die

Pizza. »Aber ich esse lieber Pizza Hawaii. Ananas und Knoblauch ergeben zusammen so einen fruchtig-würzigen Geschmack. Dagegen sind diese wabbeligen alten Muscheln doch langweilig.«

Marion Wolters konnte Rupert nicht leiden, weil er sie in ihrer Abwesenheit gern *Bratarsch* nannte.

Sie sah ihn gespielt freundlich an und lutschte Käse von ihren Fingern. Dabei säuselte sie: »Oh, du möchtest, dass ich dich mit einem Dienstwagen in dein neues Eigenheim fahren lasse?«

Er nickte und pickte noch einmal ein Pizzastückchen aus ihrer Pappschachtel.

Ihre Stimme änderte sich: »Nein, verdammt! Dies ist ein Kommissariat, keine Taxizentrale und auch kein Pizzaexpress …«

»Heißt das«, fragte Rupert, »ich kann jetzt zusehen, wie ich nach Hause komme? Soll ich trampen, oder was?«

»Das ist mir scheißegal!«, giftete sie.

Obwohl ihm jede Stufe Schmerzen bereitete, schleppte Rupert sich wieder hoch zum Besprechungsraum. Er öffnete die Tür und lugte hinein.

Weller verdrehte die Augen: »Ich dachte, du wärst endlich …«

Ann Kathrin stieß ihren Mann an. Der schwieg.

»Können wir noch etwas für dich tun, Rupert?«, fragte sie. Sie klang nicht genervt, sah aber so aus.

Jessi deutete auf Ruperts Kinn: »Du hast da etwas, Rupi.«

Er wischte sich ein Stückchen Käse ab. »Ich bin ohne Auto hier«, sagte er. Es klang wie eine ungeheuerliche Feststellung, so als hätte er gesagt: *Ufos sind auf dem Marktplatz gelandet. Sie wollen bei ten Cate Marzipan kaufen.*

Doch niemand reagierte.

»Zu Ubbo Heides Zeiten«, erinnerte Rupert sich laut, »war es üblich, dass man nach Hause gefahren wurde, wenn man …«

»Ja«, seufzte Weller, »damals.«

»Ich kann dir mein Fahrrad leihen«, schlug Jessi vor.

Am Markt standen Taxen. Rupert galt zwar nicht gerade als geizig, aber das neue Haus hatte ihn sparsam gemacht. Er nahm Jessis Angebot an und radelte auf einem pinkfarbenen Damenrad zurück zu seinem Neubau.

10

Edeltraut wimmerte leise. Er hatte sie an den Stuhl gefesselt. Mit Teppichklebeband hatte er ihre Arme fixiert. Das Zeug saß stramm und erschwerte die Blutzirkulation. Ihr rechter Arm war eingeschlafen. Sie selbst war wach wie lange nicht mehr.

Sie fragte sich, ob jetzt ihr Ende gekommen sei. Sollte sie wirklich, an den Stuhl gefesselt durch die Hand eines tätowierten Mörders, sterben, während nicht nur ihr rechter Arm schlief, sondern auch oben im Schlafzimmer ihre Tochter? Würde er sich später auch noch ihr Kind holen, oder würde Beate morgens ihre zerschnittene, verblutete Mutter auf diesem Stuhl hier am Frühstücktisch wiederfinden?

Er ließ die Gartenschere schnappen und sagte: »Ich werde Ihnen jetzt die Frage noch einmal stellen. Ich werde sie, um genau zu sein, notfalls zehnmal stellen.« Er zählte ihre Finger, indem er jeden einmal berührte, so als wisse er nicht, wie viele Finger Menschen normalerweise haben. Er machte es ganz langsam und genau.

»Eins. Zwei. Drei …« Zuletzt berührte er den kleinen Finger ihrer linken Hand. »Zehn.«

Er wog den Kopf hin und her. »Soll ich hier anfangen«, fragte er und tippte mit der Gartenschere gegen den kleinen Finger, »oder lieber hier?« Er klopfte gegen den Fingernagel vom rechten Daumen.

»Bitte«, sagte sie, »bitte nicht!«

Er lächelte sie breit an. »Wo«, fragte er, »ist mein Stoff?«

»Ich … ich weiß es wirklich nicht.«

Er schüttelte bedauernd den Kopf. »Na, Madame, Sie wollen es ja nicht anders. Beginnen wir hier.«

Er packte den kleinen Finger ihrer linken Hand.

»Dieser Sänger, dieser Freddy Quinn oder wie der hieß, der hat nach dem dritten Finger einen Herzinfarkt bekommen. Schade eigentlich. Bin gespannt, wie viele Sie überleben. Alle zehn schafft kaum jemand. Die meisten sind klug genug und sagen mir schon vorher, was ich wissen will. Kaum einer verzichtet wirklich für Geld auf seine Gliedmaßen. Und letztendlich geht es doch darum: um Geld. Um sonst gar nichts.«

»Aber bitte, ich habe keine Ahnung, worum es überhaupt geht! Hat das etwas mit meinem Schwiegersohn zu tun? Hat Rupert wieder mal Mist gebaut? Hat er etwas beschlagnahmt, das Ihnen gehört? Wir könnten ihn anrufen und ihm sagen, dass er es rausrücken soll.«

Er grinste. »Beschlagnahmt ist gut.«

Er klemmte ihren kleinen Finger zwischen die Klingen der Schere. Edeltraut begann am ganzen Körper zu zittern. Sie konnte nichts dagegen tun.

Sie rang mit sich. Sollte sie laut um Hilfe schreien? Sollte sie ihre Tochter rufen und diese damit einer ganz großen Gefahr aussetzen? Vielleicht hatte der schreckliche Mann ja gar keine Ahnung, dass sie nicht alleine im Haus waren. Es war für sie, als würde sie Beate damit ausliefern.

Nein, sie durfte nicht laut schreien. Sie musste ihre Tochter schützen.

Doch dann sah sie jemanden, bei dem sie weniger Skrupel hatte, ihn in Schwierigkeiten zu bringen: Rupert radelte unbeholfen auf einem pinkfarbenen Damenrad auf das Gebäude zu.

Um ihre Tochter nicht zu wecken, schrie Edeltraut auch jetzt nicht auf. Mit starrem Blick auf die Gartenschere sagte sie nur drohend: »An Ihrer Stelle würde ich das lassen. Mein Schwiegersohn wird sehr ungehalten sein, wenn er sieht, dass Sie …«

»Halt die Fresse, Omi!«

Au. Das tat weh. Da schnitt der Gangster ein ganz empfindliches Stück Familiengeschichte an. Sie litt ja geradezu daran, noch keine Omi zu sein. Entweder weigerten die beiden sich einfach, oder einer von ihnen war unfruchtbar. Bei Beate tickte die biologische Uhr schon ziemlich laut, wenn sie nicht längst abgelaufen war.

Er drehte sich ganz langsam um und beobachtete interessiert, wie Rupert das pinkfarbene Rad abstellte. Er grinste und nahm neben der Tür Aufstellung. Man musste kein Krimiliebhaber sein, um zu ahnen, was er plante. Er würde Rupert von hinten niederschlagen. Zu dem Zweck zog er seinen Zimmermannshammer vom Gürtel und betrachtete ihn, als würde er abwägen, ob er die spitze oder die flache Seite benutzen sollte.

Rupert hatte Mühe, das Rad abzuschließen. Er

musste sich zu tief bücken, um das Speichenschloss zu erreichen. Der Rückenschmerz wurde durch diese Bewegung aktiviert.

Nein. Das war die Sache einfach nicht wert. Sollte das Schrottrad doch geklaut werden! Obwohl, ein Kommissar der Mordkommission, dem ein Damenrad gestohlen wurde, konnte schnell zum Gespött der Leute werden. Es gab Kollegen, die warteten nur darauf, dass ihm etwas Blödes passierte. Diese Hofschranzen machten sich sowieso über ihn lustig, weil er sich nicht jeder verschlungenen Wendung der Politik anpasste, um Karriere zu machen. Es war ihm in diesem Moment egal, was die Kollegen von ihm dachten. Sie konnten ihn alle mal …

Üblicherweise konterte er deren gehässige Sprüche mit dem Satz: »Ja, bin ich denn ein Barhocker? Muss ich hier mit jedem Arsch klarkommen?«

Er ahnte nicht, dass viel größere Probleme auf ihn warteten.

Er öffnete die Tür, und der Anblick gefiel ihm gar nicht. Er sah seine Schwiegermutter mit diesem vorwurfsvollen Blick, der ihm immer wieder aufs Neue verdeutlichte, dass er es ihr sowieso nicht recht machen konnte. Er guckte am liebsten weg.

Er hätte nicht sagen können, ob sie einen knielangen Rock trug oder eine Bundfaltenhose. Form und Farbe ihrer Rüschenbluse interessierten ihn genauso wenig wie die geplante Steuerreform für Großkonzerne oder die Zulassungsbeschränkungen für Studenten im Fach Soziologie. Bei Fragen nach der Haarfarbe oder Augenfarbe seiner Schwiegermutter wäre er ins Schwimmen gekommen.

Trotzdem fiel ihm sofort auf, dass etwas anders war als sonst. Immerhin saß sie mit Klebeband an den Lehnstuhl gefesselt da. Leider hatte man ihr den Mund nicht zugeklebt, und ihre Stimme war genauso schrecklich wie immer. Vielleicht noch etwas hysterischer als sonst.

»Immer wenn man dich mal braucht, bist du nicht da!«, keifte sie.

Sie sagte noch mehr, doch er hatte sich schon vor Jahren angewöhnt, seine Ohren auf Durchzug zu schalten, wenn sie loslegte.

Da war eine Bewegung hinter ihm. Ruperts Instinkte funktionierten in solchen Situationen erstaunlich gut. Der James Bond in ihm witterte die Gefahr.

Er fuhr herum. Der Mann neben der Tür war gut zwei Köpfe größer als Rupert.

Rupert sah den Hammer von oben auf sich niedersausen. Er hatte sich einfach zu schnell umgedreht und dabei seine geschundene Wirbelsäule überdreht. Ihm wurden die Knie weich, und er fiel um, noch bevor der Hammer ihn traf.

Auf dem Rücken liegend, kroch Rupert rückwärts. Er griff zu seiner Dienstwaffe. Er spürte das kalte Eisen. Da traf ihn der Hammer am Kopf.

11

Als Rupert wieder aufwachte, war er neben seiner Schwiegermutter auf einen wesentlich unbequemeren Stuhl gefesselt. Seine rechte Gesichtshälfte und sein Hals waren blutverklebt. Zwei Mücken und ein dicker Brummer umkreisten seinen Kopf und labten sich an seinem Blut.

Mit dem rechten Ohr hörte er nichts mehr. Das rechte Auge schwoll zu, aber das linke lieferte seinem Gehirn scharfe Bilder.

Er atmete etwas ein, das noch grässlicher roch als das Parfüm seiner Schwiegermutter. Der Eindringling hatte es ihm unter die Nase gehalten, um ihn zu wecken.

»So, Cowboy. Ich hab nicht ewig Zeit. Sag mir, wo der Stoff ist, oder deine Schwiegermutter ist so gut wie tot.«

Ein verkniffenes Lächeln huschte über Ruperts Gesicht. Beate hatte einmal behauptet, das chinesische Schriftzeichen für Krise sei *große Gefahr* und *große Chance.* Er hatte keine Ahnung, ob das stimmte, aber möglicherweise war etwas Wahres daran, dachte er jetzt.

Seine Schwiegermutter rief: »Nein, nein, nein! Das ist keine gute Alternative!«

»Stimmt«, sagte Rupert. »Da müssen Sie sich schon etwas Besseres einfallen lassen. Etwas viel Besseres.«

»Was soll das heißen? Tu ich dir einen Gefallen, wenn ich sie ausknipse? Ist das so? Ja?«

»Er … er ist kein netter Kerl«, jammerte sie, und es war nicht ganz klar, wen von den beiden anwesenden Männern sie meinte. Jeder bezog es auf sich.

»Ich habe mörderische Kopfschmerzen«, stöhnte Rupert.

»Was willst du mir damit sagen?«, fauchte der einzige Mann in dem Raum, der sich frei bewegen konnte. »Soll ich dir Aspirin holen oder einen Kaffee kochen? Brauchst du eine Fußmassage oder was?«

»Genau in der Reihenfolge«, sagte Rupert und sah sich nach seiner Waffe um. In seinem Holster steckte sie nicht mehr.

»Diesmal«, sagte seine Schwiegermutter ausnahmsweise gnädig, »kommen die Kopfschmerzen wenigstens nicht vom Saufen.«

»Ihr werdet beide sterben wie der Klavierspieler«, drohte der zornige Mann.

»Ich werte das jetzt mal als Geständnis«, sagte Rupert trocken. Er kam sich cool dabei vor. Die Mücken nervten ihn mehr als alles andere.

Seine Schwiegermutter bat um ein Glas Wasser. Sie war kreidebleich und der Ohnmacht nahe. Schließlich seufzte sie, und ihr Kopf fiel zur Seite.

Sie war nicht tot. Sie atmete noch. Ihr Brustkorb hob und senkte sich. Doch eine gnädige Schwärze machte sich in ihrem Kopf breit.

Eine junge Frau mit wippendem Rock und sehr dünnen Beinen kam über die Baustelle auf das Haus zu. Rupert konnte sie sehen. Der ostfriesische Wind kämmte ihre Haare.

Der Drogendealer mit dem Hammer und der Schere war es gewöhnt, dass Menschen, wenn er sie befragte, Angst vor ihm hatten und ihm ihre volle Aufmerksamkeit widmeten. Sie jammerten normalerweise: »Nein! Nein! Oh, bitte nicht! Nein!« Sie guckten nicht aus dem Fenster.

Er wollte wissen, was Rupert so interessant fand, und als er die Frau sah, lachte er: »Meine Schnecke!«

Er öffnete ihr.

Jetzt war Rupert enttäuscht. Die schlanke junge Frau war nur aus der Ferne schön. Sie hatte ein verhärmtes, altes Gesicht und wirkte klapperdürr. Ihre billigen Tattoos sahen selbstgemacht aus. Ihre Haut schien aus gelblichem Pergament zu sein. Den fiebrigen, getriebenen Blick kannte Rupert von Drogensüchtigen.

Sie hatte einen Damenrevolver in der Hand und richtete ihn auf ihren Lover: »Willst du die da etwa auch töten, du Arsch? Dieser Musiklehrer war genauso unschuldig wie die zwei. Ich kann das nicht zulassen, dass du sie auch noch …«

Er riss beide Arme hoch in die Luft und lachte gemein. »Oh, spiel doch jetzt hier nicht die unschuldige Mutter Theresa! Welche Lady war denn so zugedröhnt, dass sie sich nicht mehr erinnern kann, wo sie den Stoff versteckt hat?« Er schlug sich gegen die Stirn und äffte seine Schnecke nach: »Da stand ein gelber Bulli vor der Tür, mit einer Aufschrift so wie *Eine Kelle für alle Fälle!*« Mit tiefer Stimme fuhr er fort: »Ja, Mädchen! Autos sind keine Immobilien. Autos sind beweglich. Aber du bist einfach zu blöde! Ich muss jetzt die Kastanien aus dem Feuer holen. Ohne dich würde dieser Quinn noch leben, und die beiden hier hätten mich nie kennengelernt.«

Seine Worte hatten sie verletzt. Das konnte Rupert sehen.

Sie fuchtelte für Ruperts Verständnis viel zu sehr mit der Waffe herum, um einen gezielten Schuss zu landen. Sie war so voller Drogen, dass jeder Treffer höchstens ein Glückstreffer sein konnte. Zweimal hielt sie die Waffe auch in Ruperts Richtung.

Immer wieder griff sie sich an die Nase und sog mit einem lauten Geräusch Rotz hoch. Es hörte sich widerlich an. Sie war eine typische Schneenase. Doch der Dealer wich vor ihr zurück. Er wusste, dass sie unberechenbar war.

»He, Schnecke! Mach dich jetzt nicht unglücklich. Gib mir die Waffe.«

Sie schwitzte heftig. Ein Tropfen hing in ihren Augenbrauen fest, ein anderer an ihrer Unterlippe.

»Nenn mich nicht immer Schnecke, verdammt! Ich heiße Judith!«

Rupert versuchte sofort, einen Zugang zu ihr zu finden: »Richtig, Judith! Lassen Sie sich das nicht gefallen!«

Sie senkte die Waffe und sah Rupert an.

»Und bitte zielen Sie nicht auf meine Knie, Judith. Nehmen Sie den Revolver in beide Hände und richten Sie ihn auf seine Brust.«

»Ja«, rief sie, froh, dass jemand die Führung übernahm, »ja, das mach ich!« Dabei trat sie nervös von einem Bein aufs andere.

»Hey, spinnst du, Schnecke?!«

»Gut, Judith. Sie machen das ganz klasse. Halten Sie die Arme gerade ausgestreckt. Ja, genau so. Stehen Sie breitbeinig, mindestens schulterbreit. Ein fester Stand ist wichtig, wenn man feuert. So. Genau! Und jetzt schießen Sie!«

»Sind Sie bescheuert? Sie sind ein Bulle! Sie können die doch nicht auffordern, mich umzubringen!?«

Rupert lachte. »Nein? Kann ich nicht? Warum nicht? Ich tu's doch! Schießen Sie, Judith! Befreien Sie die Welt von diesem Drecksack!«

»Halt die Fresse, Bulle! Die ist so blöd und tut das!«

»Ja, heul doch!«, forderte Rupert.

»Ja«, schrie Judith, »ich tu es wirklich!«

»Du erschießt mich, weil der Bulle es sagt? Was ist aus dir geworden? Hast du mit dem etwas laufen?«

Judith tänzelte herum. Sie fuhr sich immer wieder mit der Zunge über die rissige Oberlippe. »Du hast mich immer mies behandelt. Du hast mich nie geliebt. Du hast mich doch nur ausgenutzt!«

Rupert nickte bei jedem Satz. »Ja, Judith, genau so ist es. Aber den festen Stand nicht vergessen! Arme gerade! Füße schulterbreit! Und dann Feuer!«

»Wenn ich tot bin, was willst du dann machen? Wer besorgt dir dann den Stoff? Wer das Geld? Du wirst wieder auf der Straße schlafen, und glaub mir, so, wie du inzwischen aussiehst, stehen auch auf dem Drogenstrich die Freier nicht mehr Schlange bei dir. Guck dich doch mal an!«

Jetzt hoffte Rupert, dass er so gut wie gewonnen hatte. Wenn er eins über Frauen wusste, dann das: Sie mochten solche Sätze nicht. Frauen brauchten Komplimente.

»Du siehst gut aus, Judith«, log er. »Sehr attraktiv.«

»Erzähl doch keinen Scheiß«, schimpfte der Drogendealer und brüllte Judith an: »Der sülzt dich voll, Schnecke! Denk dran! Ich bring die Brötchen nach Hause! Ich zahl die Miete. Nicht dieser Clown!«

Judith weinte, oder sie schwitzte so sehr. Jedenfalls war ihr Gesicht nass.

»Ich bin nicht mehr von dir abhängig. Ich hab den Schnee nicht in einem dieser Häuser versteckt. Ich bin nirgends eingebrochen. Ich bin doch nicht blöd! Ich hab ihn ganz woanders versteckt. Das ist mein Ticket in die Freiheit! Weg von Typen wie dir!«

»Clever«, lobte Rupert sie. »Sehr clever, Judith!«

»Hey, Bulle! Das war Diebstahl! Das kannst du doch nicht unterstützen! Das war mein Koks! Sie hat ihn mir geklaut!«

Rupert bemühte sich um einen mitleidigen Blick. »Oh, böse Welt. Alle sind so gemein zu dir! Ich sagte es schon einmal: Heul doch!« Dann forderte er Judith auf: »Schieß endlich, schieß! Dann bist du frei! Das ist Notwehr. Du rettest zwei Leute, die er umbringen will.«

Es tat Rupert sofort leid, den Dealer an seinen eigentlichen Plan erinnert zu haben.

Sie biss die Zähne aufeinander und strengte sich an.

»Wenn du es nicht schaffst«, sagte Rupert ruhig, »Dann mach mich einfach los und lass mich es erledigen.«

Der Dealer stöhnte betroffen: »Ja, verdammt, wo bin ich denn hier?«

»In Ostfriesland«, erklärte Rupert.

Judith hielt jetzt die Waffe nur noch in der rechten Hand und bedrohte ihren Exlover damit weiterhin. Mit links versuchte sie, Rupert zu befreien. Es schmerzte, als sie das Klebeband von seiner Haut riss.

»Ich glaub es nicht!«, staunte der Dealer.

Eine freie Hand reichte Rupert. Er nahm Judith die Waffe ab. Sie gab sie ihm gern. Verantwortung zu tragen war nicht gerade ihre Stärke.

Rupert hoffte, dass sie das Ding nicht nur mit Platzpatronen gefüllt hatte. Seine Heckler & Koch wäre ihm jetzt lieber gewesen.

Judith hatte Mühe, das restliche Klebeband abzufummeln, schaffte es aber endlich.

Der schwierige Part für Rupert war, sich zu erheben. Aber er bekam es hin.

»Wirst du mich erschießen, Bulle?«, fragte der Dealer. Er starrte ängstlich auf Ruperts Rechte mit der Waffe. Er sah den linken Schwinger zu spät kommen. Er taumelte getroffen. Rupert landete jetzt einen Aufwärtshaken. Damit streckte er ihn nieder.

Erst dann beantwortete Rupert die Frage: »Nein, ich baller dir einfach eine.«

Jetzt entdeckte Rupert seine Heckler & Koch. Der Typ hatte sie in seine Hosentasche gesteckt. Der Knauf ragte heraus.

Rupert wollte den Gefangenen sichern. Er hatte das gelernt und zigmal am lebenden Objekt in freier Wildbahn durchexerziert. Zunächst musste er ihn vollständig entwaffnen. Klingt einfach bei einem Mann, der gerade k.o. gegangen ist. Aber Rupert wusste: So tief konnte er sich unmöglich bücken. Die Gefahr, nicht wieder hochzukommen, war viel zu groß.

Er hätte seine Schwiegermutter bitten können, aber erstens war sie noch ohnmächtig, zweitens gefesselt, und drittens gönnte er ihr den Triumph einfach nicht. Er fragte Judith: »Kannst du vielleicht die Pistole aus seiner Hose fischen und mir geben?«

Sie tat es. Rupert steckte die Waffe in sein Holster.

»Da sind jetzt meine Fingerabdrücke drauf«, gab Judith zu bedenken.

Rupert nickte. »Damit ist aber zum Glück nichts Schlimmes passiert. Du hast mir geholfen, und jetzt helfe ich dir.«

Sie strahlte ihn ungläubig an.

»Aber zunächst«, sagte Rupert, »musst du mir helfen, ihm Handschellen anzulegen.«

In dem Moment fiel Rupert ein, dass er seine Waffe zwar auch in der Freizeit bei sich trug, nicht aber seine Handschellen.

»Wir müssen ihn auf den Stuhl da wuchten«, schlug Rupert vor.

Judith war geradezu begeistert mit dabei. Obwohl Rupert versuchte, seinen Rückenschmerz zu überspielen, erkannte sie genau, was mit ihm los war. »Mein Vater hatte das auch«, erklärte sie voller Mitgefühl. »Iliosakralgelenk.«

Rupert zog an den Armen, sie stemmte die

Schultern hoch, und als sie den Ohnmächtigen endlich aufgerichtet hatten, brach er über Judith zusammen. Er lag zur Hälfte auf ihrem Kopf und ihrer Schulter. So bugsierten sie ihn zum Stuhl.

Klebeband gab es noch genug. So dauerte es nicht lange, und sein rechter Arm klebte bereits auf der Lehne.

Er wurde wach und stierte Judith an. »Ich bügel dir die Titten, Schlampe!«, fluchte er. Ruperts Kinnhaken schickte ihn augenblicklich wieder ins Land der Träume.

Dann nahm Rupert sich Judith vor: »Hör mal, Mädchen. Ich bin von der Mordkommission. Das da ist mein Mörder. Mein Job ist damit erledigt. Du bist frei und kannst abhauen. Wir haben Ausstiegsprogramme für Drogenabhängige und kleine Dealer. Ich kann dir helfen und dir Adressen geben. Du musst so nicht weiterleben. Es gibt bessere Typen als den da. Nicht alle Männer sind so.«

»Das heißt, du lässt mich gehen?«, fragte sie.

»In gewisser Weise hast du mir und vermutlich meiner Schwiegermutter das Leben gerettet. Da will ich jetzt nicht kleinlich sein.«

Sie hauchte einen Kuss auf Ruperts linke Wange.

Dann deutete sie auf seine rechte Gesichtshälfte: »Du musst zum Arzt«, sagte sie fürsorglich, »und nicht nur wegen deinem Rücken.«

Er schlug ihr vor: »Hau jetzt ab. Ich warte noch eine halbe Stunde, bis ich meine Kollegen anrufe. Nutz deinen Vorsprung.«

Noch einmal küsste sie ihn und verschwand. Den Damenrevolver ließ sie zurück.

Rupert goss sich zunächst zwei Finger breit Whisky in ein Glas. Der war zwölf Jahre alt und aus Schottland. Rupert trank in kleinen Schlückchen. Zum ersten Mal in seinem Leben schmerzte es, wenn das Brennen im Hals ankam.

Er machte noch Selfies von sich mit der gefesselten Schwiegermutter. Wahrscheinlich würde er sie ihr nie zeigen. Aber es tat seiner Seele gut, sie zu haben.

Er befreite sie von den Fesseln und spritzte ihr Wasser ins Gesicht. Sie wurde fast gleichzeitig mit dem überführten Mörder wach.

Der tobte sofort los. Sie begriff noch gar nicht, was geschehen war.

Rupert rief im Kommissariat an. Er bat Marion Wolters, ihn hoch in die Konferenz zu schalten und zwar so, dass ihn alle hören konnten. Genüsslich trompetete er ins Telefon: »Tut mir leid, liebe Kolleginnen und Kollegen, dass ich euren Wellnessurlaub unterbrechen muss. Aber falls ihr den Mörder von Freddy Quinn sucht …«

»Rainer Quinn, bitte!«, unterbrach Ann Kathrin.

»Ja, genau, sag ich doch. Also, falls ihr den sucht, der sitzt bei mir gefesselt im Wohnzimmer. Bitte bringt einen Notarzt mit, wenn ihr kommt. Es hat mich ganz schön erwischt. Am besten Dr. Sommerfeldt, der versteht wenigstens etwas von seinem Handwerk.«

»Sonst noch etwas?«, wollte Weller gereizt wissen.

»Ja, wenn du mich so fragst, Frank … Eine Currywurst von Gitts's Grill mit Pommes und doppelt Mayo hätte ich auch gern. Und ein kühles Pils wäre nicht schlecht …«

Weller regte sich über Rupert auf, aber der hörte nicht mehr zu, denn oben auf der Treppe erschien seine Frau Beate. Sie guckte schlaftrunken nach unten. »Ist etwas passiert?«, fragte sie und gähnte.

»Nö. Alles in bester Ordnung, wie immer …«,

grinste Rupert und zwinkerte seiner Schwiegermutter zu. »Gleich kommen meine Kollegen und holen hier jemanden ab. Meinst du, wir haben noch ein bisschen Erdbeertorte für alle?«

ENDE

Klaus-Peter Wolf
Ostfriesenfete
Rupert und die Loserparty auf Langeoog

Die Einladung war mit der Post gekommen. Seine ehemalige Klassenkameradin Nadja hatte Rupert zu einer ›Loserparty‹ eingeladen. Also keine Spielchen mit ›Mein Haus. Mein Auto. Mein Boot‹, sondern echte Niederlagen. Komisch, dachte Rupert, Nadja wollte doch immer eine der Besten sein. Und jetzt eine Loserparty? Sollte er vorgeführt werden? Mit einem Glas Scotch in der Hand und einem tiefen Blick in den Spiegel fragte er sich: Was würde Bruce Willis tun? Als einer der Gäste ermordet wird, steckt Rupert mittendrin: im Schlamassel und in einer Ermittlung.

112 Seiten, gebunden

Klaus-Peter Wolf
Ostfriesenkiller
Kriminalroman

Eine Serie von Morden erschüttert die kleine Stadt Norden in Ostfriesland. Nach und nach werden mehrere Mitglieder des Vereins »Regenbogen« auf grausame Weise umgebracht. Wer hasst so sehr, dass er den ganzen Verein auslöschen will? Für Hauptkommissarin Ann Kathrin Klaasen, die gerade selbst in einer tiefen Lebenskrise steckt, wird dieser Fall zu einer echten Bewährungsprobe.

»... die ideale Lektüre für einen sonnigen Tag im Standkorb.«
Lars Schafft, krimicouch

416 Seiten, gebunden

Weitere Informationen finden Sie auf
www.fischerverlage.de